刪到只剩二十字

用一個強而有力的訊息打動對方，寫文案和說話都用得到的高概念溝通術

利普舒茲信元夏代（Natsuyo Nobumoto Lipschutz）｜著
許郁文｜譯

經營管理 138

刪到只剩二十字

用一個強而有力的訊息打動對方，寫文案和說話都用得到的高概念溝通術

作　　者 —— 利普舒茲信元夏代（Natsuyo Nobumoto Lipschutz）
譯　　者 —— 許郁文
封面設計 —— 陳文德
內頁排版 —— 薛美惠
企畫選書人 —— 林博華
責任編輯 —— 文及元
行銷業務 —— 劉順眾、顏宏紋、李君宜

總 編 輯 —— 林博華
發 行 人 —— 涂玉雲
出　　版 —— 經濟新潮社
104 台北市民生東路二段 141 號 5 樓
電話：(02)2500-7696 傳真：(02)2500-1955
經濟新潮社部落格：http://ecocite.pixnet.net

發　　行 —— 英屬蓋曼群島商家庭傳媒股分有限公司城邦分公司
台北市中山區民生東路二段 141 號 11 樓
客服服務專線：02-25007718；25007719
24 小時傳真專線：02-25001990；25001991
服務時間：週一至週五上午 09:30-12:00；下午 13:30-17:00
畫撥帳號：19863813；戶名：書虫股分有限公司
讀者服務信箱：service@readingclub.com.tw

香港發行所 —— 城邦（香港）出版集團有限公司
香港灣仔駱克道 193 號東超商業中心 1 樓
電話：25086231 傳真：25789337
E-mail: hkcite@biznetvigator.com

馬新發行所 —— 城邦（馬新）出版集團 Cite(M) Sdn. Bhd. (458372 U)
41, Jalan Radin Anum, Bandar Baru Sri Petaling,
57000 Kuala Lumpur, Malaysia.
電話：(603) 90578822 傳真：(603) 90576622
E-mail: cite@cite.com.my

印　　刷 —— 漾格科技股分有限公司
初版一刷 —— 2021 年 3 月 4 日
ISBN：978-986-06116-1-8

售價：360 元　　Printed in Taiwan

你有勇氣刪掉多餘的字嗎？

有一篇促銷文章是這麼寫的：

採購敝社的新商品，包您在家也能做出餐廳等級的現做豆腐！只要十分鐘就能完成，所以若是餐廳或旅館自行採購，便能在客人面前表演一場製作豆腐的實境秀。豆漿的原料是國產大豆，可做出口感綿密的豆腐。我們也銷售搭配豆腐使用的香味鹽，建議大家不妨嘗試看看這種豆腐沾鹽的新吃法。順帶一提，鍋具是取得專利的雙層構造，不僅可提升蒸煮效率，也因為是由在地陶器產業製作，能為在地的經濟發展做出貢獻！

這是某家食品器具製造商 M 公司在展覽簡報時，使用的促銷文章。這類促銷內容很常見，公司會想鉅細靡遺地介紹自家商品的優點，也是人之常情；社長也拚命推銷。可惜的是，雖然有來攤位的人有不少都說「很有趣耶」，卻沒有談成任何一筆生意。身為該公司顧問的我判斷「必須精簡訊息」，於是著手改寫內容。

最終寫出了下列這句能在賣場，直接針對終端消費者促銷新商品的訊息。

改寫後的文案：

在店裡或自家，十分鐘做出豆腐老店的滋味（十八字）

透過精簡後的簡報促銷後，業績的確節節成長，如今 M 公司已進軍全世界二十八個國家的市場。

「讓訊息精簡至二十字以內」

這才是訊息得以「傳遞」的關鍵。

你有勇氣刪掉多餘的字嗎？

前言

「妳對演講一竅不通」

接下來，介紹我在二〇一三年首次參加演講比賽的事。

正當我順利闖過紐約州預賽，準備晉級準決賽之際，觀眾之中，有位貌似參賽老手的黑人女性走到我身邊，對我這麼說：

「嗨，我叫潔妮斯。我覺得妳的演講很有潛力。如果想要進入決賽，我可以幫妳挑出問題，跟我來吧！」

沒想到，竟然有人願意免費指導我。儘管我是這場比賽之中，唯一的非母語參賽者，但能從眾多以英文為母語的強敵之中脫穎而出，我還是有自信的。想表達的事情其實很多，講稿也寫滿了想傳遞的訊息，所以要做的只剩練習。當時心想，把潔妮斯當成練習的對象也不錯，而且就一般的行情而言，一小時大概要花四萬日圓，才找得到這方面的教練，所以滿腦子只有「實在太幸運了！」的想法，便隨口答應了她的提議。

當時的我完全無法想像，這件事對我往後的演講人生，居然帶來了天翻地覆的改變。

到了接受指導的第一天，才一開口，潔妮斯就如此告訴我：

「夏代，妳根本對演講一竅不通。妳想說的到底是什麼？整篇講稿塞滿太多訊息。如果在演講之後問觀眾，剛剛夏代的演講在講什麼，妳覺得他們有辦法異口同聲回答『夏代想講的是○○』嗎？如果不行，代表妳什麼也沒說清楚，請妳鼓起勇氣，刪掉多餘的訊息。」

什麼是「刪掉多餘訊息的勇氣」？

那瞬間，我嚇得眼睛都快掉出來。

「傳遞訊息」的重點不在舞文弄墨，而是在應該精簡之處勇敢刪字。

於是我從那時候開始，接受將訊息精簡為只剩一個的訓練。

現在的我，是美國的職業演說家。

TED演講在日本非常有名，我也曾登上TED演講的舞台，但所謂的職業演說家，在性質上與TED演講不大一樣，主要是在商業性質的公眾場合，針對某項主題舉辦付費的演講或研修課程。

我的專業是異文化交流、全球領袖風範、策略思考這類主題，而職業演說家的演講平均只有一小時，如果是研修課程，長度則通常是一整天或分成兩天。

我本身是在日本長大、受教育，沒在國際學校讀過書，也不是英語母語者，簡言之，就是個「道道地地」的日本人。

這樣的我卻於紐約擔任職業演說家，以英語、日語舉辦演講。據說在美國約有五萬名職業演說家，其中，只有三千五百名是全美職業演說家協會的職業成員，而我就是其中一名。

之所以能擠進這個協會，原因並非「英文很好」。

一般認為，英語母語者的英文詞彙約在二萬至三萬五千個左右，而我在接受單字量測試之後，單字量僅有上不了檯面的一萬個。

在英文母語國家，這大概就是「八歲小孩的單字量」而已。

換言之，就算只有八歲小孩的語言能力，依舊有機會在演講上贏過成年的母語者。希望大家知道的是，表達能力與單字量的多寡沒有絕對關係，所以就算是怕生的人，只要有八歲小孩的單字量，哪怕是英語還是日語，都能透過簡報打動聽者的內心。

一開始我也有演講恐懼症

別看我現在是個職業演說家，當初也很害怕站在大眾面前演說，光是自我介紹，就緊張得汗流浹背。

到現在我都還記得於紐約大學攻讀ＭＢＡ，站在眾人面前自我介紹的事。記得當時我光是坐著等，就緊張到腋下全濕了，等到真的輪到自己上台時，準備的台詞全忘得一乾二淨，整個人僵硬得腦袋一片空白，完全不記得該說什麼才好。

事後，我整個人陷入自我厭惡的情緒，覺得區區的自我介紹就緊張的自己很糟糕。

入學後，我還是很害怕演講。小組報告時，我總是負責最短的部分，一心只能快點念完默背的台詞，早一點結束報告。

進入社會後，在商業簡報或講座發表意見的機會也跟著變多。

這讓我覺得，再怎麼不擅長簡報，也得好好學會簡報技巧。四處探尋後，我終於找到了「國際演講會」（Toastmaster Club）。

這是一個為了磨練演講而互助的團體，在全世界一百四十三國設有分會，也擁有三十五萬七千名以上的會員。

這個「國際演講會」設有國際演講比賽這項大型活動，這就是我在開頭提到的大會，也是我與潔妮斯首次見面的比賽。

自從二〇一三年首次參加後，我便每年參賽，拜潔妮斯之賜，我第一次參賽就闖入紐約州的決賽，之後更是決賽的常客，屢屢獲得獎項。

接受潔妮斯的指導後，我也拜入前世界冠軍克雷格・瓦倫汀（Craig Valentine）、馬克・伯朗（Mark Brown）與戴倫・拉克洛斯（Darren LaCroix）的門下。

我發現，所有教練不厭其煩地重調同一件事情。

那就是「徹底刪除贅字，訊息就會簡單易懂」這件事。如此具體的訊息，甚至有可能在五分鐘之內，戲劇性地打動對方。

當時我學到的是所有「傳遞訊息」的技術都需要的思考邏輯。

所以我才能在進入決賽，在三百位聽者面前演講時，掌控整個場地的氣氛，聽者也因此與我產生共鳴，不時頻頻點頭或是哄堂大笑。

那瞬間我才明白，原來這就是在眾人面前演講的醍醐味。

之後，我盡可能嘗試公眾演講，也接受了全美最為活躍的職業演說家克雷格・瓦倫汀主辦的「World Class Speaking」演講教練認證課程，最後甚至得到在東京的TED×WasedaU出場的機會。

至於工作方面，在麥肯錫學到的邏輯思考術不僅是身為策略顧問日常使用的技術，也能幫助我整理簡報與演講所需的資料。

最終，我為了各位讀者，將這項「讓任何人了解訊息」的方法整理成「用二十字說清楚」的方法。

這可說是徹底刪除多餘訊息的思考術。

從在MBA自我介紹時出糗到成為職業演說家，總共過了十九年。

我在這十九年之間學到的「用二十字說清楚」的技巧全寫在本書裡。

聽者會因為你的演說或哭或笑，因為你的簡報而頻頻點頭。你的點子能在企畫會議的時候得到認同。頑固的上司願意聽你說的話。

這正是用話語打動對方的醍醐味。

這項突破術一定能打動對方。

希望大家體驗這種透過演說或簡報，打動對方內心的快樂。

目錄

第2章

步驟一：從聽者的角度整理資訊

第3章

步驟二：到底要傳遞什麼訊息

第4章

步驟三：該如何抓住聽者的心

第5章 左右簡報品質的表達技巧

第1章

為什麼無法表達自己的想法？

讓想法精簡至一個

假設別人聽不懂你的想法，其中必有原因。

而且通常是在不知不覺之中犯的錯。

所以接下來就為大家解說突破術的基本概念，讓大家知道該如何正確地表達自己的想法。

一如開頭介紹的食品器具製造商 M 公司，許多時候的確會發生「想說得越多，卻越說不清楚」的情況。

這間由年輕社長帶領的 M 公司不僅提供器具與食材，還著手開發食品與打造餐廳，是業務範圍十分廣泛的地區性中小企業。

社長是逛街就能想到許多靈感的點子王，也有立刻投入試作的行動力。

正因為是充滿熱忱的社長，所以才會想用力宣傳自家公司的產品，想讓客戶知道自家產品有多優秀，也希望在產品試作時，能聽到更多來自顧客的意見。

所謂銷售，就是會想賣出所有產品。

只不過若在簡報的時候，**提供「太多雜七雜八的資訊」，反而會使重要的資訊變得平凡**。過多的資訊會使重要的資訊陷入「空轉」的局面。

這就是「什麼都想說，卻什麼都沒說清楚」的常見錯誤。

【常見陷阱】想說的事情太多，導致資訊傳遞力道分散

當年我在學習公眾演講時，擔任教練的潔妮斯對我的第一項要求，就是將訊息精簡至一個。

「夏代，妳到底想說的是什麼？妳的演講有兩個訊息，到底要說的是哪一個？」

我一直以為，我的演講已經夠精簡，但潔妮斯要求我把多餘的內容「刪掉」。因為不管是哪種演講還是簡報，一定有一個非讓聽者了解不可的訊息。在我要介紹的突破術裡，這種**唯一重要的訊息**稱為**單一重大訊息**（One Big Message）。將想表達的內容限縮成唯一重要的訊息，對方將更容易了解你想說的事。更重要的是，要以**二十字表達**這個唯一重要的訊息，讓這個訊息更加明確易懂。或許大家會覺得怎麼可能壓在二十字之內啊！演講與簡報當然不可能只有二十個字，我的意思是要將想直擊聽者心坎的單一重大訊息濃縮成二十個字。

為什麼是二十字？

假設你的訊息留有聽者自行解釋的空間，彼此之間就會產生誤會。句子越長，自行解釋的空間就越大。為了避免誤會產生，也為了讓訊息烙在聽者的腦海裡，句子必須精簡至不容另作解釋的程度。

一般認為，人類較容易記住十五至二十字的句子。

「World Class Speaking」冠軍克雷格．瓦倫汀也提倡英語演講的重要訊息最好少於十個單字，因為十個單字是最佳的長度。

雖說英語與中文不同，不過還是舉幾個例子，說明英翻中之後，中文字數大約是英文原文的二倍：

I am Taiwanese（三個單字）→我是台灣人（五個字）

I like these shoes（四個單字）→我喜歡這雙鞋子（七個字）

Have you ever been to this country（七個單字）→到目前為止，你是否去過這個國家呢？（十五字）

基於上述的例子，我才認為中文的演講應該將重要訊息控制在二十字左右。

其實廣告文案都是不錯的範例。說到那些耳熟能詳的廣告金句，大家應該會想到以下這些例子吧。

戒不掉、停不下來！河童蝦仙貝→中文十二字／卡樂比（Calbee）

內建英特爾（Intel Inside）↓中文五個字／英特爾

7-Eleven 給你好心情↓中文五個字／7-Eleven

一切都是為了聽到顧客那句「太好喝」↓中文十五字／朝日（Asahi）啤酒

無價時刻（A Priceless Moment）↓中文四個字／萬事達卡（Mastercard）

讓自然與健康變得更科學↓中文十一字／津村（Tsumura）

這些每個人都聽過的廣告金句，中文幾乎都少於二十字。因為簡短，所以有力。節奏相對明快的句子方能成為洗腦金句。請試著拿河童蝦仙貝的廣告金句與以下的說明比較看看。

「這個蝦仙貝在麵粉與鹽揉拌而成的麵糰之中，混入數種帶殼的整隻蝦子，所以能嘗得到獨特的風味。利用熱炒代替油炸以及讓麵糰膨脹的技術，造就了酥鬆的口感，也是本商品最大的賣點。」

如果是食品開發者，一定會想解釋得這麼仔細。

但是，如果這麼仔細解釋，可能會衍生出下列這些多餘的想像：

「到底放了哪幾種蝦子？」

「連蝦殼都沒剝？吃了會不會卡喉？」

「炒過就會膨脹啊，這是什麼原理？」

所以我才說，不管說明有多麼正確，只要塞了一堆訊息，就很難在短短的廣告時間在觀眾的腦海裡留下深刻印象。

正因為製程如此細膩，所以才能讓消費者一吃停不下來。為此，才將文案濃縮成僅十五字的「戒不掉、停不下來！河童蝦仙貝」。

精簡成「二十字」在日文是非常重要的一環。

重視禮儀的日本人喜歡委婉地表達自己的想法，也常常使用敬語，所以日語除了實際傳遞的訊息，還「另外」多了許多不必要的說明。

這種委婉的行文方式來自**體察對方心意的文化，也為對方留下自行解釋的餘地**，但這正是會產生誤解或是無法正確傳遞想法的一大原因。

如果彼此熟識，當然有一切盡在不言中的「默契」，但是若是第一次見到的人，或是不知道對方是否擁有類似的價值觀，我們與對方的見解恐怕會有相當明顯的歧異。

「就照平常的方式做吧，拜託囉！」

這種說法只有同一組的人才聽得懂，其他組的人根本不知道這在說什麼。

只要對方不是「心有靈犀」的夥伴，就必須直白地表達想法，不能留給對方任何自行解釋的空間。

所以才要大家將想法精簡為「單一重大訊息」。

要將想法精簡成二十字的單一重大訊息，就必須留下真正重要的詞彙，刪除多餘的周邊資訊。

精簡至二十字的高概念溝通能夠減少對方自行解釋的空間，也能更直接表達想法。

說是二十字，但其實不用那麼嚴格，多一、兩個字也沒什麼關係，但不能多到變成三十或四十字，否則整段說明就會塞了過多的資訊。

「二十字」充其量是參考值，刪除多餘的內容，就能留下真正該傳遞的重點。

前述的食品器具製造商 M 公司也是用盡心思宣傳，卻無法透過簡報強化主力商品印象的例子。

所以我試著以下列精簡後的文案對他們的客戶與批發商宣傳。

「從器具到食品一應俱全的大豆專賣店」（十六字）

對一般消費者或是在商品銷售簡報使用的則是下列這個單一重大訊息。

「在店裡或自家，十分鐘做出豆腐老店的滋味」（十八字）

依照不同的對象使用不同的單一重大訊息，並將這個單一重大訊息作為促銷活動或資料的主軸，輔以精緻的商品展示，M 公司的業績的確慢慢增加，最終也得以陸續進軍海外市場。

將**「單一重大訊息精簡為二十字」**可讓簡報內容或促銷訊息變得更明確，也能在求職時，更清楚明白地宣傳自己。

如果要傳遞的訊息不夠清楚，對方終究只能聽得似懂非懂。如果不知節制，只懂一味地說出所有訊息，最終只會讓聽者產生混亂。想清楚什麼才是最想傳遞的訊息，找出真正需要傳遞的唯一訊息，就能刪除所有多餘的資訊。

簡報與演講的成敗全在於能否整理出唯一重要的資訊，這意味著整理資訊的技術非常重要。

換言之，**簡報能否打動人心，關鍵就在思考邏輯**。

別用自己的觀點表述

單是改變表達的方式，就有可能讓生意產生巨變。

過去曾遇過光是改變傳遞的訊息，就獲得三億圓融資的實際案例。

「我明明一直宣傳敝社的強項，但投資者看起來都不大感興趣，能諮詢一下，我到底是哪裡不足呢？」

來我這裡諮詢這個問題的是岡田先生這位企業主。

岡田先生經營的是將各種俄羅斯產品進口至日本的貿易公司，進口的產品非常多，上至中古汽車，下至俄羅斯食品與傳統產品，一直以來，就像是間什麼都賣的公司，也配合著市場的需求擴大規模。

岡田先生覺得接下來應該擴大公司規模與進軍美國市場，所以必須得到投資者的融資，才能投資庫存管理、物流與ＩＴ系統。

但是在試著與幾家創投公司接觸，也進行了相關的簡報之後，總是等不到好消息，於是來到我的公司，尋求相關的諮詢服務。我看了他的簡報資料後，發現其中有一個很明顯的模式。請大家也想想看是什麼。

【原始的簡報內容】

「自己在商場上的豐富經驗」
「精通各領域的專業知識」
「身為經營者的經營理念」
「由自己主導的事業遠景」

這分投資簡報充分說明了創業者自己，也企圖藉此搏得投資者的信賴感。

大家是否發現其中的模式呢？

我發現的模式是所有的訊息都是從「自己的角度」出發。

大部分的簡報或演講，都給人一種演講者想如此主張的印象，開會的時候也一樣，明明沒有「以我為尊」的想法，卻不知不覺把一切講成「我就是這樣成功的」、「我有這些強項」這種「從自己的角度出發」的樣子。

不過，不管是簡報還是演講，從「聽者」的角度出發才重要。

【常見陷阱】自己的角度

突破術是以**聽者為主角**的技巧。

優秀的演講者懂得以「聽者角度」出發，而不是以「自己為主角」。

大部分的學生應該都沒在聽校長的朝會演講吧，但如果校長突然說「昨天參加了嘻哈的課程」，想必能引起學生的注意力。

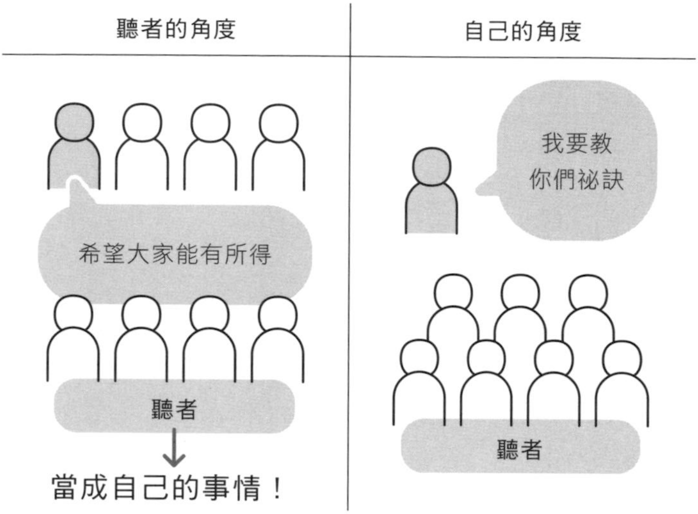

【圖表一】以聽者的角度取代自己的角度

換言之，**以聽者為主角，就能讓聽者把「別人的事情」當成「自己的事情」**。

不管是簡報、演講還是開會，請先放下「以自己為主角」的想法，試著以「聽者」為主角，撰寫相關的講稿。

其實光是以「聽者」為主詞，整段內容的印象就會轉變成聽者的角度。

以「我今天要教你學習英語的祕訣」這句話為例，句子裡的「我」是一種以自己為起點的單向溝通，像是無所不知的老師準備教什麼都不知道的學生一樣。

但是若能將這句話改成「希望大家今天能帶走學習英語的祕訣」，此時「大家」也就是聽者變成了主語，補語也是聽者立場的「能帶走學習英語的祕訣」。光是如此改寫，整段訊息給人的印象是不是就完全不同，聽者也更有「參與感」了呢？請大家試著站在聽者的角度思考「聽者想知道的到底是什麼呢？」這個問題。**演講的主角是聽者，你只是將「單一重大訊息」帶到聽者面前的引路人**。如果以星際大戰比喻，握著麥克風的你不是扮演英雄的路克，而是指引路克的尤達大師。

前面提到的岡田先生只以「自己的角度」出發，簡報的所有內容都是「我的經驗」、「我的知識」、「我的經營理念」，所以才會做成**以我為尊的簡報**。

既然是為了獲得投資的簡報，就必須說明身為「聽者」的投資者能得到什麼好處，也必須進一步說明市場將有哪些變化，公司又能如何獲利。

於是我試著將簡報改寫成「聽者立場」的內容。

【改善範例】

投資我的事業，到底能對市場提供哪些利益

以上是我改寫後的內容。

由於事業範圍很廣泛，所以我為了突顯所有事業的共通價值，決定以**可滿足各種具有利基的需求的物品調度專家**（十九字）當成主要訴求。

岡田先生在投資者面前提出這個修正的簡報之後，得到三億日圓的投資。

換言之，在事業內容與提案內容沒有修改的情況下，只是將簡報改寫成「聽者立場」的內容，就獲得三億日圓的投資。

不管是演講還是簡報，最終都是以「聽者為主角」。
只有站在「聽者的立場」，你的演講才能喚醒聽者的感性與理性。

KISS法則：盡可能簡潔表達

「我想要改成能讓評審委員眼睛為之一亮的演講稿」前來拜託的是準備白手起家的太田先生，當時他準備參加營運計畫書比稿大賽，所以希望在評審委員面前講述自己的夢想。

不管是求職、升職面試，這類需要對著眼前的聽者，強調未來想做之事的場面其實不少，但到底該怎麼說，才能「說進對方心坎裡」呢？

太田先生想進軍的是有機健康食品這塊市場，以下是他的原稿：

【原始講稿】

我想告訴大家的是，為了預防尚未發現的疾病，也為了預防勝於治療這個目的，不能只依賴藥物，而是要從食物著手，從根本開始改善飲食習慣。

糖尿病在日本是最常見的疾病，其次是癌症，我的姐姐就是死於癌症。為了不讓癌症患者增加，我希望在全國各地開設健康料理學校，同時銷售以新鮮蔬菜或水果製作的食品，讓大家不再需要購買全是添加物的食品。

我還希望能向全世界介紹日本那些既健康又安全的超級食物，幫助大家度過健康幸福的每一天。

乍看之下，似乎沒有什麼問題。不過聽過一次之後，有什麼印象特別深刻的地方嗎？還是什麼都沒記住呢？到底為什麼會這樣？

【常見陷阱】不夠簡單、清晰、明快

演講教練曾苦口婆心地告訴我下列這些重點。

「資訊過多。到底哪個才是必要的資訊？」

「這段小故事與主題有關嗎？」

換言之，教練要求我「減少沒有效果的詞彙」。

卻也要求我要更具體地描寫內容。

舉例來說，就算是在演講時，提到「我那天晚上哭了」這段內容，潔妮斯也問我：

「一開始就痛哭嗎？還是某個瞬間突然流淚？那時候是幾點？旁邊有人嗎？發生了什麼事？你為什麼哭？是難過？後悔？絕望？當時有沒有什麼字眼浮現腦海？」

換言之，她要我更具體地寫出當時的情景，讓聽者能夠感同身受。

KISS法則

一般來說，這叫做「Keep It Simple, Stupid／Keep It Simple, Short」，取其首字，稱為KISS法則。

意思就是，「簡潔表達」。

而突破術則進一步擴充解釋，提倡「Keep It Simple,Specific」（ＫＩＳＳ）。意思是，**不僅**

要說得簡單，還要說得具體，換言之，就是要把內容**「說得簡單、清晰、明快」**。

為什麼非得刪掉那麼多資訊？

演講不同於電影或電視，聽者很難透過視覺獲得資訊，若是資訊的細節不足，就更難讓聽者聽懂。

再者，白紙黑字的內容可在事後一再重讀，但是人類的大腦無法記住只聽過一次的內容。

所以才要盡可能刪減成**簡單**、**清晰**、**明快**的內容。

簡單來說，就是剪掉枝枝葉葉，只留下中間的主幹，讓聽者能順藤摸瓜，立刻抵達終點。

不過「簡單一點」、「說得誰都聽得懂」、「用字遣詞再具體一點」這些目標，不多花點心思是無法達成的。

例如，不要以「踩油門的時候，感受到什麼回饋了嗎？」的方式說明某款新車，或是避免以「掀開杯蓋後，隨著蒸氣往上飄的香氣，聞起來舒服嗎？」說明某款新泡麵，而是以更具體卻更清晰的方式訴諸感官，應該能加深聽者的感受。

那麼如果使用KISS的方法，能得到什麼結果呢？我以KISS法則改寫了剛剛的原稿，請大家試著比較之前與之後的差異吧。

以KISS改寫的第一個重點就是「明快」。

糖尿病、癌症、使用新鮮蔬菜或水果製作的點心、健康的超級食物，充斥著這類細節的演講稿一點都不明快。只有符合「簡單、清晰、明快」的條件，才能以極短的字眼營造具體想像。

【改善範例】

我的人生使命就是**成為日本超級食物的傳道士**（十二字），開發與推廣讓全世界的人得到健康與幸福的食品。

隨著醫學與化學的進步，吃到一堆添加物的食材或是有副作用的藥品，已是稀鬆平常的事情，所以越來越多人得到以前沒有的疾病。

我們的身體本來就有自我治癒能力，而我們居住的日本也得天獨厚，擁有許多提升自我治癒能力的超級食品。
為了讓全世界的人得到健康與幸福，我希望成為「日本超級食物的傳道士」，向全世界推廣健康食品，這也是我的人生使命。

開頭先丟出最重要的訊息，接著以「提升自我治癒能力」取代原本的「利用新鮮蔬菜或水果製作的食品」以及「健康的超級食物」，讓超級食物的定義更加明確。

想必大家已經明白，這種簡單、清晰、明快的內容，能多麼快速地將內容說進聽者心坎裡。這就是ＫＩＳＳ法則的效果。

有機會的話，務必在簡報或演講的時候試看看！

銷售未來的夢想藍圖

考核我的演講教練資格的是世界演講冠軍，同時也是我的老師克雷格瓦倫汀，接下來是實際在他身上發生的故事。

那是在克雷格二十五、六歲之際發生的故事。某天，克雷格打算買台中古車，便去了A經銷店。這間經銷店有台車況不錯的車，業務員也鉅細靡遺地說明了該車的優點。

「這台車的厲害之處，在於2L的VTEC渦輪引擎，一踩油門就很利。而且引擎能毫無遲滯地加速到極速，絕對讓人既驚豔又無可挑剔。此外，還擁有極佳的操控手感，電子控制懸吊系統也能為乘客打造極致舒適的乘坐感。」

「原來如此，我都知道了，謝啦！」

接著克雷去了下一間 B 經銷店。

結果發現同一款車。正當他盯著那台車的時候，業務員走了過來說：

「這車很酷吧，開這台車，很容易把到妹喔！」

克雷格立刻問：

「合約該簽哪裡？」

在這裡要問的是，A 經銷商與 B 經銷商有哪裡不同？

A 經銷商將重點放在「商品本身」，B 經銷商卻著眼於「結果」，換言之，將焦點聚焦在「買了這台車能得到什麼好處的夢想藍圖」。

如果是銷售或簡報的話，當然會想用力促銷「商品或服務本身」，一不小心就會把產品的特徵或功能全列出來。

人類一聽到類似強迫推銷的話術，會不自主升起防護罩，屆時想把話說進對方心坎也就難上加難了。

相反的，若是聽到能得到什麼好處，就會願意繼續聽下去。當充滿吸引力的夢想藍圖擺在眼前，自然而然就會產生「好想要！」的心情。

所以我才說，**該賣的不是「商品」，而是「夢想藍圖」**。

【常見陷阱】用力賣商品

請從「聽者的角度」想想，你的演講或簡報，到底能提供如何美好的「夢想」。

假設是各位準備賣克雷格車子。若能以下列的內容來場銷售簡報，肯定能一口氣縮短雙方之間的心理距離。

【回答範例】

好男人必買的頂級好車（十字）

「這是一輛讓跑車迷滿足奔馳樂趣，又讓同車乘客享受舒適乘坐感與豪華內裝的究極好車」。

所謂的夢想藍圖就是「購買這項商品、服務，接受這分提案或創意，你的生活、公司、世界或是其他事物都將如此轉變！」的遠景。

只要讓聽者在理性面與感性面接受這幅明亮的夢想藍圖，聽者當然會想方設法抵達你所描繪的遠景。若能做到這一步，你的簡報無疑是已經勝券在握了。

4F法則：失敗的經驗更要拿出來說

以婚姻諮詢師創業的山田小姐，曾來我這裡諮詢推廣事業的方法。她的問題是該如何讓更多目標族群知道她的訴求，我記得她是在研修的課程提出希望我幫忙檢視宣傳文案的要求。

【原本的宣傳文案】

到目前為止，都像個女強人終日埋首於工作的我，突然某天想要結婚。展開相親活動後，短短三個月就與心儀的對象步入禮堂。在那一年後，孩子出生了，我也過著兼顧工作與家庭的美好生活。

不管是工作還是相親，都可以是女強人！我希望將如此順利的祕訣分享給大家，所以決定獨立創業，成為一名婚姻諮詢師！

整篇文章雖然充滿活力與自信，但聽到這些的「單身男性或女性」會不會想接受她的諮詢，花大把金錢入會呢？

說不定在聽到「短短三個月，就與心儀的對象步入禮堂」以及「工作上的女強人」這些內容，反而會覺得她一定不懂別人的煩惱與痛苦，躲她躲得遠遠的。

不管是簡報或是演講，會想呈現自己最好的一面是人之常情，也往往會誤以為列出所有優點就能說服聽者。

不過再沒有比吹噓自己的演講者或業務員來得更容易讓人感到厭惡了。吹捧自己不但無法引起共鳴，還只會讓人既羨慕又嫉妒。

【常見陷阱】愈想呈現最好的一面，愈可能一直吹噓自己的成功經驗

試著以前述的「聽者角度」來想，就不難明白聽者才是主角，聽者想了解的不是說話者有多麼偉大，而是想聽到「有幫助」、「值得參考」或是「有共鳴」的建議。

一再強調自己的成功經驗，只會讓聽者覺得「我沒他那麼厲害」而心灰意冷。

以戒菸健康講座而言，比起那些一戒就斷了菸癮的演講者，歷經多次戒菸失敗，好不容易才戒菸成功的老菸槍，應該更能讓聽者產生「我也能戒得了才對！」的共鳴吧。

比起一句「我締造了如此輝煌的業績」，先在開場的時候講述自己在締造業績的過程與辛苦，才能讓聽者產生「值得參考」、「能夠效法」的想法。

為此，突破術提倡用於鋪排情節的「四個Ｆ」：

Failure　失敗

Frustration　不滿

First　初次體驗

Flaw　缺點

這些乍看是負面的事項，往往是能引起聽者興趣，讓聽者產生共鳴的故事。

「多次戒菸失敗的我，透過這項課程戒菸成功。」
「對員工離職率過高這點雖然不滿，但是採用這種上班制度後，離職率就下降。」
「初次演講一句話都說不出來的我，在進入職業演說家協會之後就成為職業演說家。」
「每次重訓都只有三分鐘熱度的我，將重訓如此融入生活之後就養成每日重訓的習慣。」

像這樣將負面的事情轉換成激勵，就能讓聽者心有同感，也能將聽者帶進你的故事，讓他們好奇你到底是怎麼從谷底翻身的。

很多人以為，負面的事物不利宣傳，但是在開發過程吃的苦頭、對舊產品的不滿以及首次試作成功的經驗，能在任何情況下應用。

接著讓我們根據上述的四個 F，改造山田小姐的宣傳文案吧。

【回答範例】

年近四十、女強人、沒有男朋友。這就是兩年前的我。去相親也只會被淘汰！抱著這個想法去相親的我當然不大順利，直到遇見了婚姻諮詢師的M小姐為止。

M小姐的方法與過去我所想像的「個人檔案配對」的方法相去甚遠，是一種非常細膩的配對方式。多虧M小姐的幫忙，讓我在相親之後的三個月結婚，也生下了寶寶。我想，應該有不少人有跟我一樣的煩惱，於是我效法M小姐的方式，成為一名獨立創業的婚姻諮詢師。

「年近四十的女強人也有春天」（十二字）

先聊聊自己過去的苦惱，再慢慢將話題帶向「這個流程很厲害」（意思是，你也可以透過這個流程成功），而不是一直強調「我很厲害」，就比較容易引起聽者的共鳴。

以上述的流程而言，就是婚姻諮詢師M小姐的方法很高明，所以才得到美好的姻緣，所以才希望利用同一套方式，幫助到目前為止，抱著相同煩惱的人。基本上，就是以這樣的方式向目標族群提出訴求。

比起炫耀自己的成功經驗，更希望大家能靈活運用容易引起共鳴的「四個 F」。

打造低語境就能聽懂的內容

這是在我出席某個汽車製造商的新車發表會之際發生的事。

站在眾人面前演講的宣傳課部長絲毫沒有怯場的感覺，內容也進行得非常流暢，一副就是非常熟練的模樣。

但是聽著聽著，就發現有些內容不是那麼容易理解。

【原始範例】

敝公司的旗艦車款「雷鳥」追求盡情奔馳的愉悅，也因此得到許多消費者的好評。

用字遣詞雖然客氣，但是內容卻很膚淺。會這樣代表其中必有問題。其實是因為這篇文章**不是「低語境」**的內容。

語境有文脈或前後關係的意思，並非指稱特定意義的詞彙，而是可根據前後關係判讀意思的內容，把語境想成日文「讀空氣」（察顏觀色）的「空氣」即可。

【常見陷阱】不是低語境的內容

接著為大家解說一下「低語境」是什麼意思。

一開始要先以簡單的例子說明，而這個例子是實際在某間位於紐約的日商公司所發生的誤解。

某位德裔美國人的部下向日本人上司提出企畫案。

聽完企畫案之後，該上司回答「It's difficult」（這很困難）。

如果是大家，會怎麼解讀這個回答呢？如果是日本的上班族，大概會揣測上意，自行解讀成「唉，這個企畫案被駁回了吧」，覺得上司只是拐個彎說「不行」而已。

但是德裔美國人這位部下卻不是這麼想。

「It's difficult」

這位部下解讀成這個企畫案很難，但只要能解決這個困難，就能得到賞識。於是他接下來花了一個星期的時間，想盡各種可能突破困難的點子，最後在上司面前發表了新簡報。

此時上司簡直是無語問蒼天。「你這傢伙居然花了一個星期在這件無意義的事情，不是跟你說這個點子行不通了嗎？」這位上司簡直快氣炸了。

如果這位部屬是日本人，一定聽得出來上司的「弦外之音」，因為日式溝通的重點就是「揣測」。

然而德裔美國人的部下並不是在這種「揣測」的文化下長大，當然聽不出來這句「很難」所隱含的意思。

在歐美國家，所有的事情都會說得一清二楚。歐美人習慣把話講清楚、說明白，但這不代表把話說得露骨，而是希望所有的一切都能寫成白紙黑字，沒有一絲一毫產生誤解的空間。

美國人類學家愛德華・霍爾（Edward T. Hall）曾提倡「高／低語境文化」(high / low-context culture）這個概念。

這是一種根據溝通與語言的相關程度分類世界文化的概念，簡單來說，就是有多少部分的溝通是透過非語言達成，又有多少是直接經由語言達成的概念。

高語境代表大部分的溝通都由非語言達成的文化，低語境則是溝通直接經由語言達成溝通的文化。

愛德華霍爾的研究發現，日本是全世界「高語境」文化最成熟的國家。

換言之，日本人之間的溝通常常依賴默契，像是公司常務董事說句「那個」，祕書就知道要端茶過來。

反觀瑞士、德國、斯堪地那維亞各國、美國、法國這些被歸類為低語境文化的國家，都習慣透過語言，將一切講清楚、說明白，所以美國的契約書總是厚厚一疊，為的就是避免有任何灰色地帶。

在全世界高語境文化最成熟的環境下長大的日本人，若要與不同文化或國籍的外國人接觸，基本上必須適應低語境文化，盡可能減少模糊不清的話語，以免對方有過多的自行解釋，才能精準溝通。

所以突破術才會一直提倡簡報或是演講的內容應該要盡可能地「低語境」。前面提到的「二十字」也是基於低語境的概念算出，為的是將聽者自行解釋的空間縮小到極限。

可不是只有異文化之間的溝通，才需要將自行解釋的空間縮小到極限。

即使同為日本人，關東人與關西人也會因為文化差異而有不同的價值觀與溝通模式。有些企業或業界會有自己獨特的文化，甚至某些部門也會有特有的文化，所以就算同是日本人，只要是與不同價值觀的人溝通，都需要注意「低語境」這件事。

安排簡報或演講的內容時，**不管聽者是誰，都應該以「低語境」為目標，盡可能消除語意不清的內容**，聽者才能聽得懂。

開頭介紹的新車說明其實是非常迂迴與高語境的內容。

這種迂迴的表達方式很難簡單扼要地說出要說的目的。

此外，「追求盡情奔馳的愉悅」也與聽者無關，是該公司追求的目標，也是一種「以自己為主」的表達方式。

若依照突破術所提倡的低語境概念改寫，應該可寫成下列的內容。

【改善範例】

敝公司的旗艦車款「雷鳥」是專為車迷的你所設計的車子，因為您可以得到人車一體的奔馳快感。目前已有不少車主給予好評，愛車人士的您也一定會對這台車感到滿意。

改寫之後少了許多語意不清的內容，也透過「車迷的你」、「人車一體」的敘述提升語意的透明度，同時利用「愛車人士的您也會感到滿意」這類直接了當的表現，強調以聽者為主角的語氣。

別高舉「正確」的大旗

說到這裡，大家應該已經明白突破術具有下列這些基本規則。

「在二十字之內寫出單一重大訊息」

「從聽者的角度出發」

「遵守ＫＩＳＳ法則」（**簡單、清晰、明快**）

「提出夢想藍圖」

「別一直自吹自擂」

「符合低語境的原則」

但不是遵守這些基本規則就夠了，另外還有一個既基本又重要的規則要注意。

到底是什麼規則呢？就讓我從過去的慘痛經驗說起吧。

這是在我剛開始從事策略顧問之際發生的事。

記得那次是與某間日本公司合作，對方希望我幫他們分析他們的海外策略是否適用於美國市場，而且還是理事長親自上門拜託。

分析之後，我發現該策略有許多漏洞，在說明之後，便向客戶提出新策略。

該企業的理事長已超過六十歲，過去是某省廳的高官，退休後，在該企業擔任理事長，可說是菁英中的菁英。

當時的我剛念完ＭＢＡ，也剛從麥肯錫辭職，自立門戶，對自己的分析力、邏輯力都很有自信，所以便對該策略的缺失直言不諱，甚至做了一場「很棒」的簡報，強調代替舊策略的新方案一定行得通，還將簡報資料用電子郵件分寄給所有相關人士。

我在簡報裡指出「舊策略過於依賴理事長個人的人脈，因此難以打入美國市場」的缺點，也另外提出「與美國代理商進行策略合作」的建議方案。

沒想到，隔天理事長寄了封信來。信裡面，只寫了短短的「請打電話給我」這六個字，我不禁泛起某種討厭的預感，但還是鼓起勇氣打電話過去。結果理事長劈頭大罵：

「你以為你是什麼東西啊？」

挨罵之後，我當然是被當成廚餘開除。真是太丟臉了。

為什麼事情會走到這個地步？若真得說出一個最大的理由，那就是我**只強調事情的正確，卻沒有多一分體貼對方的心**。

【常見陷阱】事情的正確只合乎理性，卻無法訴諸感性

長年在公家機關工作的理事長，很重視頭銜與人際關係的協調，也傾向高語境的說話方式，換言之，什麼事都會說得很委婉。

在面對如此重視權威的高位者時，絕對不能以副本的方式分享資訊，理事長當然會因為面子掛不住而大發雷霆。

如果是現在的我，肯定會說一些對方想聽的話，把內容改成：

「日本市場受惠於理事長的人脈而明顯成長。美國市場也可採用『美國版理事長助攻策略』」（十字）

改以這種對方比較聽得下去的字眼提案。

不管你的訊息有多麼正確，無法說進對方心坎的簡報或演講，是無法打動人心的。

如果當時的我能在提出合理的意見之際，順便來場感動人心的簡報，我應該是不會被開除才對吧。

這是我初出茅蘆，剛成為顧問時的慘痛經驗，卻也因此學到非常重要的事情。

第 2 章

步驟一：

從聽者的角度整理資訊

簡報是否成功，情報／資訊的整理占七成

究竟演講與簡報是什麼？

於第一章登場，也是 World Class Speaking 的教練克雷格・瓦倫汀曾如此解釋：「演講或簡報，就是讓聽者變成 TALL」。

所謂的 TALL 是 Think（思）、Act（行）、Learn（學）、Laugh（笑）的縮寫，指的是要讓聽者在聽演講或簡報之後思考、採取行動、學習與綻放笑容。

如果要於二十字以內敘述 TALL，可寫成**「情報／資訊的娛樂性質」**（七個字）。意思是透過簡報或演講提供具有價值的資訊時，必須喚醒對方的理性與感性，進而思考、採取行動與學習，同時還覺得很開心。

或許有些人會覺得「簡報是工作而不是娛樂」。

但如果能做到這點，就能讓聽者有所「領悟」，也能讓聽者覺得這場演講或簡報「真的很有用」、「有聽到真好」。演講者提供的資訊必須能讓聽者得到這樣的感受。

對聽者來說，**簡報就是「呈現情報／資訊的娛樂性質」**。要想呈現資訊的娛樂性質，要在上台演講之前，就得先寫出架構縝密的內容。

為什麼要如何麻煩？因為用字遣詞該如何斟酌，PowerPoint 該套用什麼設計，這些前期的**情報／資訊整理**，將決定演講或簡報的成敗。

請將七成左右的時間放在「整理資訊」這個流程上。

突破術可利用三個流程建立需要的架構。順帶一提，剩下的三成是資訊的傳遞方式，也就是演講的練習。本書會將焦點放在決定簡報成敗的那七成，也就是整理資訊的技術上。

「第一個流程」當然是**「站在聽者的立場整理情報／資訊」**。

最重要的是打動「聽者」

演講和簡報的**目的在於讓聽者採取行動**。

利用演講打動對方的心，讓對方產生新想法，然後採取「購買商品」、「改善生活」的行動。不管從哪個層面來看，演講的目的都是為了讓對方採取行動。

只有聽者對你提供的資訊產生共鳴與採取行動，你的資訊才算是有價值。讓我們一邊想像對方採取行動的模樣，一邊開始準備簡報吧。

要讓對方採取行動，必須具備三個要素，分別是信譽（ethos）、情感（pathos）和邏輯（logos）。

這是亞里斯多德提倡的「說服三要素」，從古希臘時代以來，人類的本質可說是一點沒變。

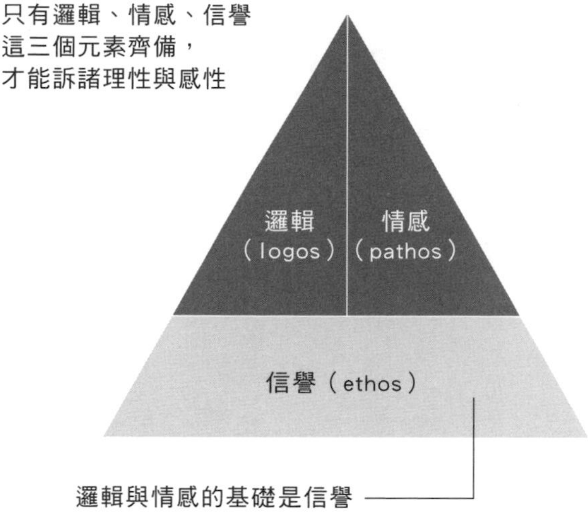
只有邏輯、情感、信譽
這三個元素齊備，
才能訴諸理性與感性
邏輯
（logos）
情感
（pathos）
信譽（ethos）
邏輯與情感的基礎是信譽

【圖表二】亞里斯多德提倡的「說服三要素」

換言之，只有當**信譽、情感、邏輯這三個要素俱全，才能夠同時打動人類的「理性與感性」**。

如果不同時訴諸於理性與感性，就無法讓聽者覺得「花時間來聽值回票價」。

最常見的簡報模式就是「列出一堆功能」。

比方說新款掃地機器人的簡報，就會列出一堆新功能，讓聽者了解在功能上的特徵。

若從邏輯面（logos）判斷，如此宣傳的確切中重點。

但是若少了情感面（pathos）的訴求，就無法打動人心。所謂情感面的訴求，就是讓聽者想像買了這台掃地機器人之後，生活會變得多麼輕鬆愜意，換言之，就是提出夢想藍圖。提出**「快樂的夢想藍圖」**，就能感動聽者。

美國奇異公司（GE）員工的座右銘「Emotional first, rational second.」(情感優先、理性其次），意味著人類是先受到情緒影響，後續才理性判斷的生物。

信譽是情感與邏輯的基礎，也是英語ethic（倫理、道德）的語源，具有信賴、品德這類意思。

舉例來說，如果剛剛的掃地機器人是由知名的電器品牌推出，自然而然就具備信譽這項要素。

若是千禧年世代的消費者族群，愛護環境、節電這類訴求也能訴諸情感面，因為他們會以是否合乎倫理決定是否消費，少了這部分的行銷策略就無法打動他們。

只有打動聽者的「心」，讓聽者「思考」並且「採取行動」，才能打造出「訴諸感性與理性」的簡報。

找出自己與「聽者」的共通點

那麼到底該從什麼地方開始，才能打動「聽者」呢？

我的習慣是，**從找出自己與「聽者」的共通點**著手。

身為事業策略顧問的我，常認為演講與簡報就像是某種行銷策略。

請大家回想一下，擬訂行銷策略時，通常會從哪裡開始？會因為「很想製造商品」就貿然從製造商品開始嗎？

一開始應該是先調查與分析市場、目標族群，等到充分了解市場的特性、需求以及顧客的行為模式後，才開始製造商品吧。

同理可證，演講也非常需要行銷策略的「調查與分析」這類流程。

比方說，你的演講題目為「ＡＩ（人工智慧）建構的未來」。就算題目相同，對象若是市民活動中心的七十歲老人，或是準備就業的大學，抑或經營零售商店的老闆，想必他們感興趣的內容都不一樣吧。

如果是準備就業的大學生，應該會對「無法被ＡＩ取代的工作」這類內容有興趣，商店的老闆應該會想知道「ＡＩ能減少多少經營成本」這類資訊。

如果是七十歲以上的聽者，或許會對「不需駕駛，也能抵達目的地的自動駕駛」產生共鳴。

這意味著，就算主題都是說明自家公司的ＡＩ事業，仍需要根據「聽者」的不同，從不同的角度切入。

那麼進行市場調查時，該如何找出目標族群，又該如何分析呢？

依照「三十歲男性、未婚、住在市內、全職工作」這類屬性分類聽者或許可行，但人類其實更複雜得多。

即使都是「三十歲男性、未婚、住在市內、全職工作」的人，Ａ先生可能想要成為大企業的幹部，Ｂ先生可能想要成為股票投資的獨立交易員。

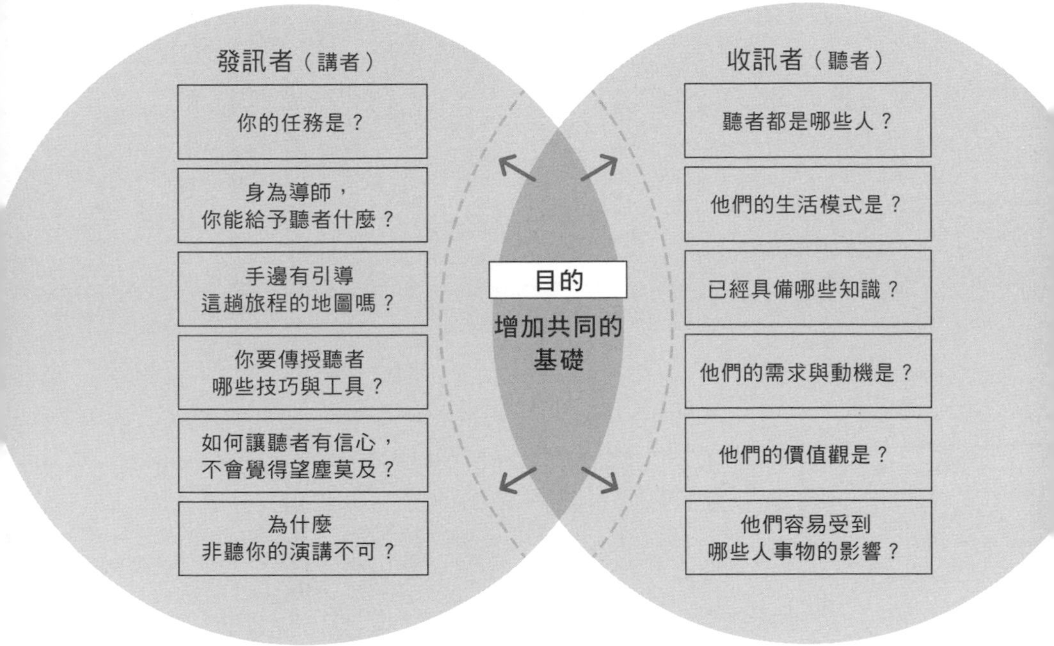
發訊者（講者）
你的任務是？
身為導師，
你能給予聽者什麼？
手邊有引導
這趟旅程的地圖嗎？
你要傳授聽者
哪些技巧與工具？
如何讓聽者有信心，
不會覺得望塵莫及？
為什麼
非聽你的演講不可？
目的
增加共同的
基礎
收訊者（聽者）
聽者都是哪些人？
他們的生活模式是？
已經具備哪些知識？
他們的需求與動機是？
他們的價值觀是？
他們容易受到
哪些人事物的影響？

【圖表三】發訊者（講者）和收訊者（聽者）

所以要在同一個時間點，將同一項商品賣給興趣不同的A先生與B先生。

演講者要與目標族群的聽者產生交流，必須有比上述屬性更為深入的關聯性。

擔任演講者的你，請把自己想成一個大圓，你的任務就是引導聽者。

接著將聽者也想成一個大圓。

你與聽者之間的交集處，就是你們共同的興

趣、目的與共通之處。

你與「聽者」的**交集**是什麼？

為了找出這個部分，請問自己**下列四個問題**。

了解「聽者」的四個問題①

「聽者」是誰？

第一個問題是**「聽者究竟是誰？」**

如果你是一位ＩＴ（資訊科技）工程師，你會怎麼說明新軟體？假設對象是同部門的同事，用共通的專業術語說明應該沒問題。

但是當簡報的對象是業務或是管理階層的人，就不能再用同一套專業術語說明，否則對方一定聽不懂你的簡報在說什麼。

更何況對方若是產業鏈最末端的消費者，肯定會聽得一頭霧水，這也是最不樂見的結果。

除了知道聽者的年齡與生活模式之外，具有哪些與主題相關的知識？對主題感興趣的程度？想知道的資訊與訊息是什麼？如何才能打動他們的內心？對這些事情有多麼了解，是演講能否成功的關鍵。

就算乍看之下，自己與對方沒什麼共通之處，只要一路問下去，一定能找出一些共通之處。

那麼該怎麼找出共通之處呢？

還記得那是我在日本替正在接受「Mother's Coaching」課程的女性們上課時所發生的事。所謂「Mother's Coaching」課程是指在育兒時，利用教練的手法與小孩溝通的方式。我自己是有一個女兒的媽媽，但在替這些女性上課之前，我完全不知道有「Mother's Coaching」這項課程。

因此我先向幾名準備上課的學員打探消息。

建議大家在準備演講或簡報的時候，先採訪一下「聽者」或是目標族群。因為沒有比聽到「真實的意見」更有所得。

採訪之後我才發現，要讓對於「Mother's Coaching」一無所知的媽媽們了解這項課程的價值，是件非常高難度的事。

「不知道這個課程有什麼價值，而且本來就沒有興趣把孩子丟在家裡來聽演講。」

「大部分的人遇到育兒問題，會覺得問同是媽媽的朋友就好。」

「很多人不知道 Mother's Coaching 可以得到許多從媽媽友問不到的專業知識。」

我從這些真實的意見明白的是：

「讓有育兒問題媽媽知道 Mother's Coaching 的價值，願意付錢上課。」

是我的目標，以及透過這些意見找到目標有多麼重要。

根據這些意見編排課程的重點在於「以語言形塑 Mother's Coaching 在目標族群心目中的價值」，而非「簡報的基本邏輯」。

勾勒出目標族群的媽媽模樣後，在小組裡討論「如何從目標族群的角度切入」，也試著在「二十字」之內彰顯這個課程的價值。

各小組最終提出下列這些從聽者角度出發的內容。

「輕鬆激發全家人齊心協力意願的專業技巧」（十八字）

「妳不是一個人，能安心照顧小孩的專業技巧」（十八字）

「讓母親與小孩都喜歡自己的專業技巧」（十六字）

參加 Mother's Coaching 的學員們看到截然不同的簡報之後，開心地說：

「總算知道，簡報的重點不在於說話的技巧，而是引起聽者興趣的內容。」

採訪「聽者」或是具有相同屬性的團體，**找出他們有興趣的事情**，是我每次演講之前必作的事。

在某次日系保險公司的座談會裡，我遇到一個聽者有八成是來自美國中西部的白人團體，我與他們之間的文化不同，也覺得似乎沒什麼共通之處，但在演講之前採訪幾位聽者之後，我發現他們都有一些說不出口的不滿、或覺得自己跟部門格格不入的心情，有趣的是，我也曾有過他們的這些挫折，而這就是我與他們的共通之處。採訪「聽者」，了解他們的心聲與煩惱，就能得知他們想聽的內容。就算是商業簡報，也不代表就不能採訪。

以在首次拜訪的公司進行第一次業務簡報時，應該不大能打電話採訪，說明今後公司方針的演講或是會議，也有可能因為現場人數眾多，而無法事先採訪。

在這種情況下，就該利用網路搜尋聽者或是該企業的相關資訊：

①瀏覽該公司的官網或社群網站
②閱讀知名報章雜誌的相關報導
③若是上市公司，就該閱讀該公司的年度報告
④業界團體的網站或發行物
⑤使用者或專業團體的商品評論
⑥人力網站對該公司的評價
⑦競爭對手的業界資訊
⑧企業所在地周邊的社區資訊
⑨聽者的 LinkedIn 或其他的社群網站頁面

以前述的保險公司為例，在進行研修課程提案簡報之前，我真的做了上述這些調查。

當我把該公司的官網一字不漏地讀完後，便知道「顧客至上」、「體貼、和諧、敬意」

是這家企業的文化與理念的根基，也從路透社以及日本時報得知，該公司正積極推動購併（M&A），所以我預測這家公司的人會很想聽到，如何與購併企業的文化或價值觀磨合與融合的內容。

當我進一步搜尋社群網站裡的留言與評價，便得知保險人雖然因為這家公司量身打造的服務很滿意，但如此高的滿意度只在日本報紙的報導出現，在美國報紙的報導裡，這家公司的滿意度時高時低，偶爾還會因為保險金支付的速度太慢而被抱怨。

雖然只有上述這些資訊，便讓我得以將重點設定成「為了購併之後，繼續貫徹顧客至上的理念，提供品質一致的服務，必須打造具體的溝通流程，讓企業理念得以浸透至日常的一舉一動」，結果我也成功贏得那次的研修案件。

請大家試著仿照行銷的方式蒐集資訊，再站在聽者的角度思考自己的簡報該從何處切入吧。

了解「聽者」的四個問題②

「聽者」的好處是？

接著要請大家問自己的是**「聽者在聽了演講後，能得到什麼好處？」**你要推銷的商品，你想通過的企畫，你希望對方得到的知識，對聽者來說，到底有何好處？

請大家來場腦筋急轉彎吧。大家是否知道「賣冰箱給愛斯基摩人」的故事呢？

這個故事很常用來討論：

「如何把對方不想要的東西賣給對方」

這個問題。

到底該怎麼做，才能把冰箱賣給住在極地的居民呢？

如果冰箱只是「能製作冰塊的箱子」，肯定無法賣出去對吧，而且硬是推銷不需要的商品，大部分的人不僅對該商品沒興趣，說不定還會覺得很討厭吧。

但是，若能讓對方得到很多好處，結果又會如何呢？

「有這台冰箱的話，不管是肉還是蔬菜，都能在你希望的溫度保存。」
「有這台冰箱的話，就不用到戶外拿食材，能一直待在溫暖的家中。」
「這台冰箱很適合用來替肉解凍。在冰箱結凍遠比在室溫解凍來得好吃喲！」
「可隨時吃到好吃的牛排，是不是很棒！」

只要能如上述**描繪引人入勝的「夢想藍圖」**，就有機會喚醒對方的購買慾望。

每個人都不喜歡被強迫推銷，但只要能替對方描繪夢想藍圖，告訴對方，買了這件東西能帶來哪些好處，對方就會主動傾聽。

人類總是對自己有利的**一己好事**感興趣。

所以當場景換成簡報，就請大家問自己「這次的簡報到底對聽者有什麼幫助？」然後寫出理由，而不是一股腦地列出所有想說的「新商品功能」。

「如果這次的合作企畫能夠通過，我們就能共享彼此的顧客，也能為顧客帶來他們渴望的限量商品，打造皆大歡喜的未來。」

「採用這個群組軟體可促進團隊之間的合作，讓原本資料的交接與分享變得異常迅速，節省下來的時間也能用在創意發想的環節上。」

只要像這樣為「聽者」描繪**「充滿好處的夢想藍圖」**，聽者應該就會用心聆聽。一開始先如前述，了解「聽者都是從何而來的人」，接著找出他們的煩惱或願望，然後思考有什麼點子或方法能幫他們解決問題或達成願望。

這就是站在「聽者的立場」思考這場演講或簡報，到底能為聽者帶來什麼好處的意思。

了解「聽者」的四個問題③

為什麼是由你來為「聽者」說明？

接著要請大家問自己的第三個問題是**「為什麼你必須說這些話？」**

為什麼非得是你說這些話呢？

「因為是業務部，所以非得推銷不可」或是「就輪到我做簡報，所以只好硬著頭皮上台」的情況其實不算少見。

但如果你讓聽者察覺到這種不得已的情緒，聽者就不會對簡報的內容感興趣。如果你要賣的是某種商品，就必須讓對方知道對該商品有多麼了解，或者你對該商品有多麼喜愛，對方的感受也會因此大不相同。

假設原本該由上司說明商品，結果當天出了一點問題，導致你必須臨危受命，接下這個燙手山芋，此時你絕對不能在台上露出半點怯場的表情。

最常見的情況就是一上台就卑微地說：「真是萬分抱歉，今日本該由上司發表，卻由在下接手」，這麼一來，只會讓台下的聽者感到失望。

與其道歉，用下列這類說法展現「由我來說明」的氣場，或許會比較好吧？

「原本今天上司會一起來，但是，我也是和上司共同開發商品的團隊成員，對這項商品也非常熟悉，所以，請給我機會為大家介紹這項商品的優點。」

如果是由熟悉商品、熱愛商品的人來說明，聽者也比較安心吧。

對聽者來說，他們想聽到的是「先發」的人說明，而不是「候補的板凳球員」說明，這也才算是站在聽者的立場。

在簡報開始之前，請捫心自問「為什麼是我？」這個問題，也想想這場簡報能讓聽者以及自己得到哪些正面的影響。

有沒有什麼是**「只有自己才能陳述的故事、經驗談與知識呢？」**

或者至少有一些事情是能說得**像是親身經歷**吧。

那些事情又是什麼？請試著往內探索自己有哪些強項或經驗，一定能找出一些**非你莫屬**的事情才對。

了解「聽者」的四個問題④

希望「聽者」採取什麼行動？

到目前為止，我們問了三個問題，分別是：

「聽者是誰？」

「能為聽者帶來哪些好處？」

「為什麼非得由你來說？」

這些該在事前進行的調查應該都沒問題了才對。

接著要請大家思考的是一個關乎本質的問題，那就是**「為什麼你要說這些事情呢？」**

到底是為什麼要說這些事情呢？

一如本章開頭所述，演講或簡報的重點在於**打動聽者**。

在簡報或演講結束後，你希望**聽者採取什麼行動**？

是希望聽者「購買商品？」「改變想法？」「認同企畫？」請把希望聽者採取的行動當成簡報或演講的目標。

有助於確立這類目標的思考邏輯是ＰＡＩＮＴ。

ＰＡＩＮＴ是下列英文單字的首字，只要試著利用其中一點驗證，就能釐清簡報或演講的目標

Persuade　想**說服**聽者嗎？

Action　希望聽者採取**行動**嗎？

Inspire　想**啟發**聽者嗎？

Notify　想**通知**聽者嗎？

Think　希望讓聽者**思考**嗎？

如果面對的是心存懷疑或持反對意見的聽者就分類到「Persuade」（說服）

若是希望聽者購買商品，就將該聽者就分類到「Action」（行動）
若是希望提升員工的幹勁或是讓員工有所啟發，就分類到「Inspire」（啟發）
若是希望聽者正確了解未被揭露的事實，就分類到「Notify」（通知）
假設希望聽者以全新的視點思考問題，就分類到「Think」（思考）

只要試著以上述五項問題驗證，就能得出目標的分類。
尤其ＰＡＩＮＴ也是個很容易背的單字，所以我總是先以ＰＡＩＮＴ思考。
知道自己「想引導聽者採取什麼行動」是演講與簡報的大前提。
如果是促銷的說明，大概就是希望聽者購買商品。
但如果從第一次開會就希望聽者採取「Action」（行動），恐怕很難順利賣出商品。

理論上，得等到開了幾次會之後，對方才願意購買，所以可在每一次的會議設定一個小目標，比方說，將第一次會議的目標設定為「Notify」（通知），讓對方先了解我們的商品以及公司，不急於讓對方掏錢購買商品。

接著將第二次會議的目標設定為「Persuade」（說服），以便與真正能做決定的人搭上線。

接著將第三次會議的目標設定為「Action」（行動），也就是透過簡報讓有決定權的人決定購買商品。

將最終目標**拆解成幾個小目標，再於一次次的簡報達成**，是成功的祕訣。

聽者是誰？對聽者有什麼好處？為什麼非由你來說明不可？以及在演講與簡報結束後，你希望聽者採取什麼行動？

如果能釐清上述四個問題，步驟一就算是結束了！

不管是十五歲還是四十五歲，流程都一樣

本章說明的**從聽者的角度整理資訊**，以及**尋找自己與聽者的共通點**也能在各種工作面試應用。

除了商業簡報之後，我也常有機會替準備跳槽的客戶上課，教他們如何在面試的時候好好表現。

這類面試的重點在於找出**「與對方的交集」**。

就工作面試而言：

「個人的學歷、工作經驗、技能、個人理念、專長、性格、強項」

「對方企業的理念、公司文化、公司歷史、公司業務、招牌商品、品牌形象」

在兩相對照之後思考：

「自己能為這家企業提供什麼好處？」是非常重要的流程。

舉例來說，我有位客戶名叫重盛，他是位四十多歲的男性，從大學畢業之後就一直在大銀行上班。等到 MBA 畢業後，又高升至紐約分公司的旗下部門。

正當他想要挑戰自己的能耐時，突然有家大型 IT 企業 A 公司提供他舊金山分公司管理職的職缺。

因此在最終面試之前，重盛先生請我為他上一堂演講的課程。

於是透過下列的三個步驟找出「重盛先生非常適合 A 公司，在這間公司也很有未來！」的共通之處。

首先要重盛先生說出自己的「強項、經驗與信念」。

接著要提出一些足以說明 A 公司的「理念、文化」的字眼，一邊提出 A 公司看重的事情以及追求的目標。

接著再找出重盛先生與 A 公司的共通之處，然後將這個共通之處濃縮成單一重大訊息。

上述三個步驟可於任何情況使用。

我曾指導過一個特殊的案例，對方是位學生，希望我指導他一些高中入學面試的技巧。這個情況也一樣能使用上述的三個步驟。

這位十五歲的考生名叫米亞，我請她聊聊自己之後，知道了她的經驗與價值觀。接著從志願學校的哲學、校長的名言得知該校的校風。

之後找出從米亞的價值觀之中，找出與該志願學校有關的部分，再藉此寫成面試的劇本。

在聊天的過程中，米亞常提到「想要幫助別人」這件事。

所以我決定深入探討她口中的「幫助」到底是怎麼一回事。經過了解後，她所謂的「幫助」可定義為「讓失去自信與幹勁的朋友找回勇氣，互相扶持，一起邁向各自的目標或夢想」。

她的第一志願是 E 高中，是一所致力於「樂觀、人情味、領導力、社會貢獻」這些特質的學校。

由此可知，在這所學校重視的詞彙之中，米亞最該強調的部分就是積極樂觀（Optimism）的團隊領導力。

根據上述內容，我替她寫了下列的演講稿：

我是一名積極樂觀的團隊領導者（十四字）。記得我所屬的排球隊進入地區選拔賽的決賽時，前四回合都是平分，但是到了第五回合，某位隊友不斷失誤，也讓我們輸掉比賽。當時隊上的氣氛很糟，失誤的隊友非常自責，其他的隊友也認為「都是她害的」。當時我走到那位隊員身邊對她說「不是妳的錯，排球是團體運動，所以輸球也是所有隊員的責任。我們下次再一起加油吧」，也對其他隊員說了同樣的話。

所謂團隊，就是有一個隊員士氣低落，整個隊伍都跟著士氣低落，因此我為了鼓舞士氣，總是樂觀地在背後支持整個團隊。

若能透過如此強韌的心態強化「積極樂觀的團隊領導人」這項人格特質，不管是進入在地社區還是社會，我覺得都能幫助每個人，而我覺得，E高中能幫助我成為心目中理想的人。

那場面試讓米亞得以順利進入第一志願的高中！

那位接受管理職職缺面試的重盛先生也順利履新，目前已是該企業不可或缺的幹部。

不管是面對考試的十五歲學生，還是接受職缺面試的四十五歲中年人，流程都是一樣的。

請從你的經驗、強項與信念形成的圓以及企業理念形成的圓找出交集之處，再以單一重大訊息針對該處訴求。

第 3 章

步驟二：到底要傳遞什麼訊息

上台說話的九層架構

步驟二要帶大家了解演講或簡報的架構，也就是到底要透過演講與簡報傳遞什麼訊息。為什麼那些受歡迎的電影、小說總是能讓觀眾或讀者看到最後？那是因為這些電影與小說的架構都經過精心設計。

同理可證，簡報或演講也一定有這種**能夠直接撼動聽者理性與感性的黃金模式**。只要你能掌握這個黃金模式，你也可以成為簡報高手。

一般來說，演講的架構分成**開場（Opening）**、**正文（Body）**和**結尾（Closing）**，但光是這樣，不足以撼動聽者的內心與理性的。

不管是史蒂夫・賈伯斯（Steve Jobs）還是前美國總統歐巴馬（Barack Obama），世界知名的演講者通常會更細膩地安排演講的架構，絕不會只有上述三層架構。

要訴諸聽者的理性與感性，就必須有策略地編排資訊，但這些資訊必須流暢得像是由「點」串成的「線」。

能讓資訊由點化為線的就是突破術提倡的**九層架構**。

將簡報的架構分成「九層」，你就能編排出世界一流的簡報，直擊聽者的感性與感性。

這個九層構造的重點有三個：

①所有的內容都是鋪陳單一重大訊息

②每個重點都帶有「轉場效果」(transition)

③開場與結尾分別切割成三個部分

接著就為大家娓娓道來。

一如「所有的內容都是為了單一重大訊息鋪陳」這個原則，從開場到結尾，這九層的內容全是為了陳述單一重大訊息而存在。

一開始先於開場引起聽者注意力，接著再於正文提出主要重點。

這裡所說的**主要重點就是「單一重大訊息」的立論基礎**。

假設你的單一重大訊息是：

「光是每天深蹲就能改造身體」（十二字）

那麼或許下列的主要重點可以成為上述單一重大訊息的立論基礎。

「鍛練大腿這塊大肌肉可提升基礎代謝的效率」

「鍛練豎脊肌可調整身體姿勢」

「鍛練臀大肌可擁有俏臀」

這些都可用來佐證「光是每天深蹲就能改造身體」這個單一重大訊息。

這種將事實導向單一重大訊息的根據稱為主要重點，最理想的狀態是列出三個。

整個流程會是在正文的部分列出三個主要重點，之後在結尾的部分總結。

「九層架構」的流程如下：

①開場（碰！遠景、路線圖）

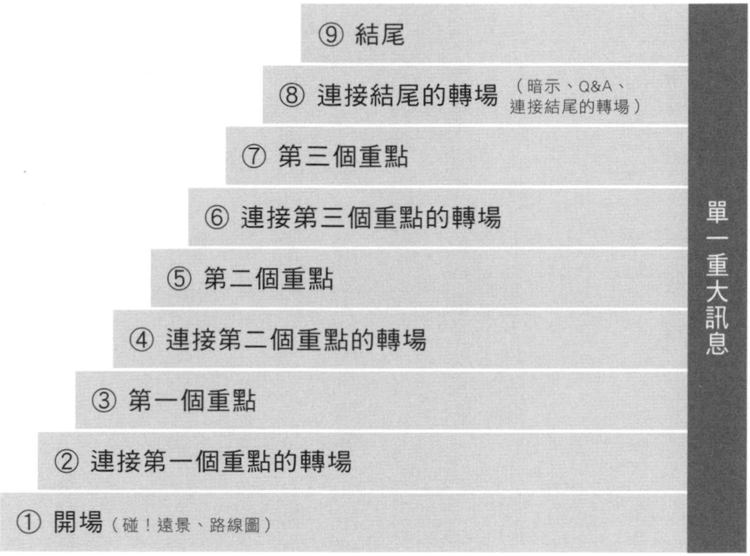

【圖表四】單一重大訊息的九層架構

② 連接第一個重點的轉場

③ 第一個重點

④ 連接第二個重點的轉場

⑤ 第二個重點

⑥ 連接第三個重點的轉場

⑦ 第三個重點

⑧ 連接結尾的轉場（暗示、Q&A、連接結尾的轉場）

⑨ 結尾

之後會分別說明開場與結尾的三個要素。

這裡要請大家注意的是「轉場」。不知道大家是否發現，在說明三個主要重點之前都有「轉場」這個環節。

為什麼需要植入「轉場」呢？因為只有重點的簡報只是「點狀」地列出資訊，給人一種資訊很零碎的印象。

比方說，你要傳遞的是「應該購併 A 公司」這個單一重大訊息。其根據在於：

「該公司的商品組合與我們公司有互補與綜效」

「A 公司能進入自家公司無法觸及的市場」

「企業文化相近」

假設可列出上述三個主要重點。

接著請大家比較看看下列兩個版本的簡報導言。

【版本一】

開場：接著我想說明為何必須購併 A 公司的理由

轉場：無

第一個重點：首先要說的是，A 公司的商品組合與我們公司有互補與交乘的效果」

【版本二】

開場：

我們公司的市場雖然已擴張至如此程度，但已無法繼續擴張（**碰！**）。

不過，有個策略能幫助我們突破極限，那就是購併 A 公司（**遠景**）。

所以今天要提出購併 A 公司的三大理由（**路線圖**）

轉場：

我們公司已在高端零件的市場取得不敗的市占率，但近年來快速成長的金磚四國（BRIC，巴西、俄羅斯、印度、中國）對於基本零件的需求漸高，我們卻還未進軍該市場。

第一個重點：

購併 A 公司，這是一家在金磚四國之中，基礎零件極強的公司。購併之後，能讓我們公司的商品組合截長補短並且創造綜效。接著，具體比較該公司的商品組合。

大家覺得二個版本有何不同？

「版本二」的內容雖然正確無誤，但是通篇調性一致，聽在耳裡毫無滋味，台下的聽者說不定聽著聽著就睡著了。

這一切都是因為整個簡報只是把資訊堆在一起而已。

要是以懷石料理來比喻，這種情況就像是從第一道到最後一道的生魚片，都放在同一個盤子上端出來。

說不定每一道生魚片都很好吃，但由同一個盤子端出來，就少了趣味感，也無法持續營造「下一盤也是另一種生魚片」的興奮感。

不過，若是**在中間插入轉場，點就能連成線，趣味感也能延續到最後**。

若是再以懷石料理比喻，就是一開始先上開胃菜（引人入勝的華麗開場）。

接著是湯品（利用美味的高湯讓食客了解廚師的手藝，提升對後續發展的期待）。

作為第一道菜的生魚片（主菜一）。

八寸（在下一道料理端上來之前喝的酒，用來延續快樂的氣氛）。

魚料理（主菜二）。

什錦飯（利用當令蔬菜緩和一下情緒，準備享受最豪華的主菜）。

肉料理（主菜三）。

等到白飯端上桌，就暗示著即將進入尾聲，最後再以甜點收尾。

正因為每道料理之間，都有串場的料理，所以氣氛才能延續到最後。

「版本二」的導言也放了用來串場的轉場。

在開場白引起聽者注意後，在進入主要重點之前，先說明用來「轉場」的背景情況，聽者自然而然能夠明白「如果在這個背景情況下，自家公司與 A 公司的商品組合能互補長短」。

但此時要注意的是，必須從**聽者的角度設計**轉場的內容，才能化解聽者對單一重大訊息的不信任，聽者也才會願意敞開心房。

對於想維持現狀的聽者來說，若轉場的內容只讓他們覺得更不安，就無法強化這類聽者

【圖表五】定位表步驟一：WHY？傳遞訊息的動機是什麼？

定位表	
步驟一： WHY？傳遞訊息的動機是什麼？	
AUDIENCE 聽者是誰？ 他們想聽什麼？	1
WHAT'S IN IT FOR THEM 聽者能得到什麼好處？	2
WHY YOU 為什麼非由你介紹不可？	3
P.A.I.N.T 這場演講的目的是？	4

1. 找出聽者感興趣的主題
2. 描繪夢想藍圖，讓聽者覺得身在其中
3. 以自己的風格敘述只有你能闡述的故事或知識
4. 從說服、行動、啟發、通知、思考其中之一確認演講的目的

【圖表六】定位表步驟二：WHAT？要傳遞什麼訊息

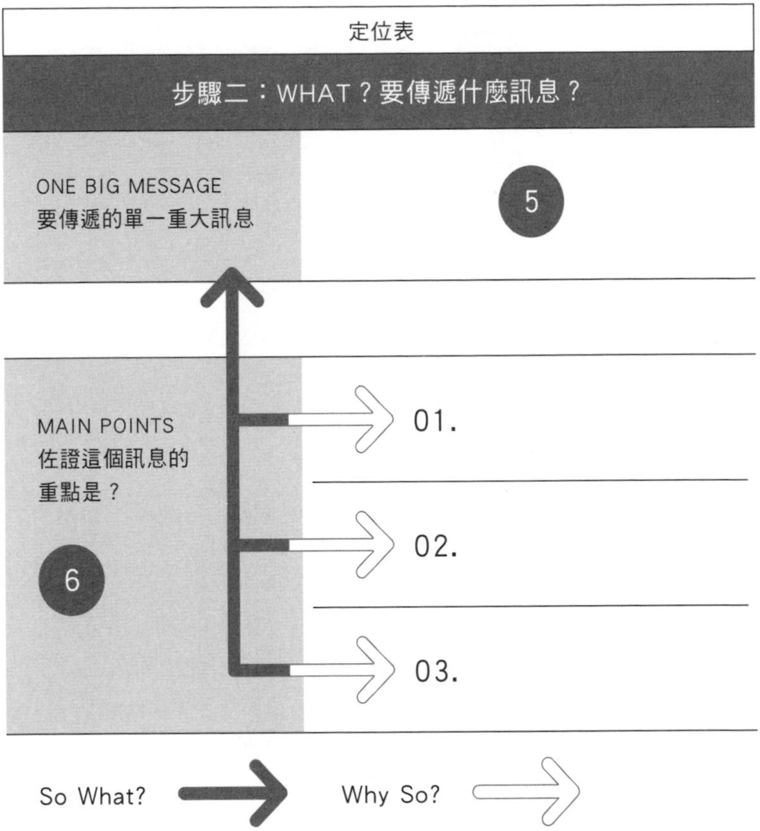

5　透過邏輯思考找出要告訴聽者的重要訊息

6　透過So What？（所以結論是？）與Why So？（為什麼能這麼說？）驗證單一重大訊息與每個主要重點之間的關聯性

7 利用一開始的7至30秒抓住聽者的心

8 讓聽者明白會有什麼好處

9 釐清後續的進展順序

10 具體說明主要重點①的故事

11 具體說明主要重點②的故事

12 具體說明主要重點③的故事

13 準備做結論與收尾

14 讓單一重大訊息永遠留在聽者記憶中，
並且讓聽者採取行動的最後一句話

【圖表七】定位表步驟三：HOW？如何傳遞訊息？

定位表		
步驟三：HOW？如何傳遞訊息？		
□分鐘	令人印象深刻的開場白	碰！ 遠景 路線圖
	進入下一個重點的轉場	
□分鐘	主要重點 ①	主要重點 ① 具體實例・故事
	進入下一個重點的轉場	
□分鐘	主要重點 ②	主要重點 ② 具體實例・故事
	進入下一個重點的轉場	
□分鐘	主要重點 ③	主要重點 ③ 具體實例・故事
□分鐘	準備收尾、轉場	接近尾聲的暗示 Q&A 進入收尾的轉場
□分鐘	令人印象深刻的收尾	

改變現狀的意願，這裡也再次證明前一章提及的「聽者角度」有多麼重要了。

或許有人會覺得「不過是個演講，有必要那麼講究，想那麼多嗎？」但事實就是如此，演講高手的確就是這麼細膩，所以才讓人覺得與眾不同。

不過，請大家不要擔心，突破術會提供大家製作架構的「定位檢核表」，讓大家學會編排內容的方法。只要使用這張表格，就能輕鬆地編排出適當的內容。請大家參考下一頁的表格。

抓住聽者的心、與聽者立下約定並告知目的地

開場白是吸引聽者的導言，說是決定演講成敗的關鍵也不為過。

請在開場白放入下列三個要素。

「The Bang！」（碰！）

「Big Promise」（遠景）

「Roadmap」（路線圖）

「The Bang!」在英文裡是模擬「碰」、「磅」這類聲響的詞。

在中文大概就是**引人入勝的破題**吧。站在舞台上的藝人能在第一句話就抓住聽者的心，

是非常重要的一件事。

簡報也一樣，在開場抓住聽者注意力的一句話也非常重要。

第二個要素的「遠景」則是**與聽者之間的約定**。

這是為了在開場的時候「向聽者表明，接著介紹的事情有多麼美好」。

此時也必須重視前面提過的「聽者角度」。

也就是答應聽者，在聽完你的單一重大訊息之後，能得到你介紹的那些美好。

讓我為大家舉個例子吧。

「在聽完這個為時一小時的簡報之後，大家可以學到三個明天就能派上用場的演講技巧」

由於你與聽者約好，只要聽完簡報，就能學會明天可立刻應用的三個技巧，所以聽者就會對簡報的內容產生興趣。只要確定接下來的內容對自己有利，聽者當然興致高昂。

如果這部分以「演講者角度」介紹：

「今天我想介紹三個演講技巧」

應該很難一下子讓聽者沉浸在你的演講裡。

遠景這部分的重點在於從「聽者角度」答應讓聽者得到接下來的好處。

例如你的單一重點訊息是「你應該接受突破術的課程」（十一字）。那麼接下來的遠景或許可以是下列的內容。

「在學校要學一年的內容，最快三個月就能學會！」

但這個遠景對退休的上班族來說太久，一點吸引力也沒有。

如果能改寫成：

「能學會創造第二職涯的故事力」

或許更讓人覺得這才是有價值的遠景。

換言之，所謂的遠景，終究得站在「聽者角度」思考何為聽者最大的利益，再「答應」聽者提供這些利益。

那麼最後的「路線圖」又是什麼？這其實就是**演講的「路線」與「順序」**。

路線圖就像是演講的計畫表，讓聽者了解，你要以哪種順序說明遠景。以下是一些參考的例子：

「接下來，要為大家介紹突破術的三種特徵。」

「接下來，要為大家介紹 Why、What、How 這三個正確建立演講架構的步驟。」

「接下來，要為大家介紹提升溝通能力的三個 A。」

像這樣提出「哪類」或「幾個」主要重點，點出內容的後續發展，這趟簡報之旅就不再是毫無頭緒的旅行，而是一趟**看得見終點（遠景）與方向（路線圖）的旅行**。

讓我們在演場的開場就提出明確的遠景與路線圖吧，聽者也才會期待後續的演講內容，思緒也更加清晰。

司機知道這條路通往何處以及告知接下來該怎麼走的路標，才能安心地走下去，同理可證，聽者知道演講或簡報接下來的發展，才能放心地聽到最後。

讓我們回頭看看剛剛在「版本二」提出的開場範例。其實這個範例也巧妙地安排了「碰！」「遠景」與「路線圖」這三個要素。

【版本二】

開場：

我們公司的市場雖然已擴張至如此程度，但已無法繼續擴張（**碰！**）

不過，有個策略能幫助我們突破極限，那就是購併 A 公司（**遠景**）

所以今天要提出購併 A 公司的三大理由（**路線圖**）

換言之，一開始提出可能的危機，抓住聽者的注意力，接著讓聽者知道「購併 A 公司」是解決危機的方案，最後再陳列三個支持這個論調的理由，藉此讓聽者對接下來的內容產生興趣。

只要分析演講高手的演講內容，就能發現他們都在演講裡安排了「碰！」「遠景」「路線圖」這三個要素。

有機會的話，請大家務必試著使用這個黃金模式。

不斷擴張靈感的擴散思考

不管是何種演講與簡報，最重要的就是告知「單一重大訊息」。

那麼該如何強化要傳遞的訊息呢？只要掌握箇中要訣，任誰都能懂得強化訊息的方法。

也有劈頭就將單一重大訊息講得明明白白的例子。

比如說，宣傳與促銷的廣告通常會在開頭清楚寫出下列文案：

「這個英語學習法讓你三個月開口說英文」（十七字）

但也有不少是單一重大訊息在創意發想的階段還不那麼明朗的例子。

例如，在想到「購併 A 公司能不能解決問題」這個點子的時候，應該還不知道這個點子是否最佳方案，此時心中可能會上演天人交戰的戲碼。

「購併 A 公司是一場高風險高報酬的賭注」

「購併 B 公司雖然報酬較低，但風險相對較低」

「若上述的假設為真，是不是該將這兩個方案都放進簡報裡？」

在創意發想的階段，常有諸如此類的糾葛與疑問。

最該先踏出的第一步，就是先列出所有可能的想法。

我的習慣是**先將所有點子寫在便利貼上，再將這些便利貼貼在牆壁或白板上**。

這時候不用去想「這想法行不通吧」，不預作篩選，只先將所有想到的點子都寫下來，然後貼在牆壁或白板上。

這項步驟可以多花一點時間，因為有時候，今天沒想到的事情會在隔天突然想到。此外，也要集思廣益，別悶著頭自己想。

這時候不用管格式正不正確，只要將焦點放在還有沒有新的想法就好。想法越不受框架限制，就越有機會得到意外的成果，所以請從各方面挖出想法，至於這些想法可不可行，之後再想就好。

再者，最初想到的點子不一定是最佳方案。

創意發想的祕訣在於不斷地尋找與主題有關的想法，直到再也想不出新的點子為止。重覆三、四次這個流程，通常才能想到打從心底接受的點子。

假設我準備參加演講大會，我通常會在這個步驟花上一個月的時間。在這一個月裡，我會不斷寫下所有想得到的點子，直到腦汁絞盡，對自己大喊「我再也想不到了」才停止。

這種腦力激盪法在邏輯思考稱為**擴散思考**。這種思考方式可在往各種可能的方向思考與發想的過程中，催生出獨有的創意。

精簡訊息的聚斂思考

接著要進行的步驟是分類寫了點子的便利貼。

簡單來說，就是將類似的想法放成一堆，而這種方法在策略顧問圈裡稱為**親和圖**（affinity diagram）。

這就是便利貼好用的地方，因為可以隨時撕下來與貼回去。

經過這個步驟之後，應該能將寫在便利貼上面的想法分成「商品相關」、「生產過程相關」、「市場相關」這些分類。

這個精簡的過程稱為**聚斂思考**（convergent thinking）。

透過「聚斂思考」分類剛剛以擴散思考找到的想法，再替這些分類加上標題。

這些分類的標題盡可能簡單扼要，例如：

「具有互補性的商品組合」

「A公司在敝公司未能開拓的市場具有優勢」

「企業文化相近」

要試著將標題寫成上面的敘述。

這些標題最後會**形成用於佐證的主要重點**。

未被分類的點子只是現在沒用到，有可能後續才會察覺這些點子的重要性，所以先放在一旁就好。這部分在策略顧問圈稱為**暫置**。

利用聚斂思考分類想法後，讓我們試著將這些分類的想法揉合成「結論」，再將這個結論濃縮成單一重大訊息吧。

總算要練習寫單一重大訊息了。

要寫出令人印象深刻的單一重大訊息有兩個祕訣。

第一個祕訣是不要採用最初想到的句子。

要從各個角度不斷思考眼前的這個單一重大訊息，是否是從聽者的角度出發，是否與所有主要重點有關聯，最終才能寫出打從心底認同的單一重大訊息。

據說專業的文案寫手在寫出「就是這個沒錯！」的文案之前，必須寫出幾百個文案。撰寫單一重大訊息的過程也是一樣，思考的深度與單一重大訊息的品質是成正比的。

第二個祕訣是使用簡單易懂的詞彙，一如廣告金句絕不會出現艱澀難懂的專業術語。比起一般的簡報或演講，商業性質的簡報與演講的單一重大訊息不大需要像廣告文案那麼充滿創意，但之所以要將單一重大訊息刪減至二十字之內，全是為了讓聽者更容易聽懂與避免產生誤解。

為了達到這個目的，就必須排除需要另作解釋的敘述和難懂的單字。

光是達成刪減至二十字的目標，就能找到希望聽者聽進腦子裡的單一重大訊息。

經過上述過程後，才能找到：

「購併 A 公司是實現公司中長期計畫的必經之路」（二十字）

如此明確的單一重大訊息。

在此要再介紹一個極度重要的心法。

那就是「割捨內容」與「添加內容」同等重要。

大部分的聽者都不會覺得「這個簡報再長一點」是好事。

聽者想要的不是過多的資訊，而是簡單扼要的資訊，所以拿捏資訊的「增量」與「減量」之間的平衡，當然就非常重要。

聽者無法從未經精簡的演講內容聽出最重要的重點，聽完演講的反應當然也就不好。

所謂的精簡，就是必須站在聽者的立場，毫不心軟地進行。

就算是你喜歡得不得了的想法，也要斷然割捨。這就是提升演講與簡報品質的祕訣。

狠心刪除所有與單一重大訊息無關的資訊，聽者才會覺得你的簡報「莫名好懂」，也才會喜歡你的簡報。

接著要整理一下撰寫單一重大訊息的流程，各位讀者也順便複習一下吧。

① 寫出相似於單一重大訊息的「大主題」。

②接著將所有與該主題相關的想法寫在便利貼上，再將一張張的便利貼貼在牆壁或白板上。

③若有重複的想法就先刪除，若有新的想法就補上去。

——以上前三個步驟屬於擴散思考——

④若覺得再也想不出新的點子，可將類似的想法分成同一類。無法歸類的想法可歸類為「其他」。

⑤在每個分類加上一句足以代表整個分類的標題。

⑥重新以聽者的角度篩選出重要的想法，其他的分類可先刪除。

上述三個步驟為聚斂思考

⑦最後從剩下的分類之中得出結論，再寫成長度在二十字之內的單一重大訊息。

利用魔法數字「三」撰寫主要重點

可以當成單一重大訊息立論基礎的是主要重點。

到目前為止，想必大家已經知道該如何腦力激盪，以及如何從各式各樣的想法篩選出主要重點。

所以接下來就讓我們了解一下主要重點該怎麼寫，才能「寫進聽者的心坎」。

首先要說的是，**主要重點至少要有三個**，才能發揮效果。

為什麼是三個？

因為**三是個魔法數字**。據說人類比較容易記住個數為三的事物。

其實就連童話故事也是如此。大家想想「三隻小豬」或是「金斧頭銀斧頭和鐵斧頭」這類童話就會發現，如果是兩隻小豬，數量好像有點少，但要是五隻或六隻小豬，又有點嫌太多對吧，這證明「三」這個數字在人類的潛意識裡，是最容易理解的數字。

簡報的時候也是一樣。光是以「接著為大家說明三個購併 A 公司的理由」作為開場，就絕對比「接著為大家說明購併 A 公司的理由」的說法更讓聽者想寫成筆記。

那麼寫成「接著為大家說明十五個購併 A 公司的理由」又如何？你可能會覺得「我就是想提供這麼多理由」，但聽者可能會覺得「乾脆給我書面資料還比較省得抄」。

由此可知「三這個魔法數字」的魔力有多麼強大。

確認「為何能如此主張」

沒有說服力的內容，通常都有**邏輯過於跳躍的缺點**。

舉例來說，大家覺得以下這個提案的方法如何呢？

「決定性關鍵在於營業額、營業利益率與成長率。首先要分析的是成本績效」

乍聽之下，似乎頭頭是道，但仔細一聽卻會讓人有：「等等，成本績效跟剛剛提到的決定性關鍵有什麼關係？」的疑問，對吧。

這種邏輯過於跳躍的內容只會讓聽者覺得很奇怪，也難以接受。

為了避免這類問題出現，可在找出所有重點之後，進行**減少「邏輯斷鏈」**的作業。

接著讓我們利用策略顧問常用的邏輯思考術，確認邏輯是否出現斷鏈吧。

「So What ？」（所以結論是？）

「Why So ？」（為什麼能這麼說？）

這也是從雙向確認上述兩個問題的作業。

讓我們舉個例子練習看看吧。

假設單一重大訊息是「這個蛋糕是最特別的！」（九個字）

請試著問自己「Why So？為什麼能這麼說？」

答案有可能是

「因為製作的甜點師得到金牌獎」

「因為一天限量二十個」

「因為上面的草莓是特級品」

這些答案都有可能成為佐證單一重大訊息的主要重點。

這也是確認上述的每個答案是否與單一重大訊息的「這個蛋糕是最特別的！」緊密相關的作業。

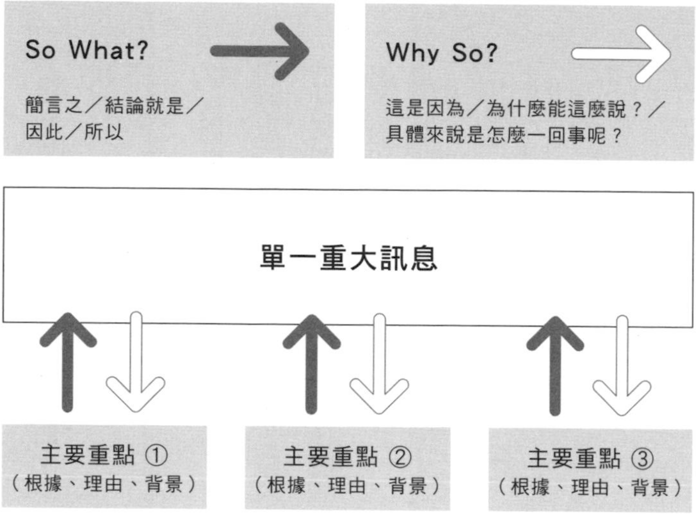

【圖表八】減少邏輯斷鏈的Why So？與So What？

若將這三個主要重點想像成支撐「這個蛋糕是最特別的」三隻腳，這個「Why So？」（為什麼能這麼說？）的問題就等於是由上而下確認關聯性的作業。

若問這個作業為何重要，全因這個作業可幫助我們**找出邏輯鬆散之處**。

若以上述的例子來看：

「這個蛋糕是最特別的！」因為「製作的甜點師得到金牌獎」。

「這個蛋糕是最特別的！」因為「一天限量二十個」。

「這個蛋糕是最特別的！」因為「上面的草莓是特級品」。

上述的配對關係是不是非常緊密呢？

但如果「這個蛋糕是最特別的！」配上「因為有巧克力與香草口味」的主要重點，大家覺得怎麼樣？

是不是覺得有點怪怪的？這是因為這個主要重點不足以說明為何「這個蛋糕是最特別的」。

透過上述「Why So？」的作業確認後，就能將資訊整理得井井有條又不失邏輯了。

確認「所以結論是？」

反過來從支撐論點的三支腳往上確認單一重大訊息的是「So What？」（所以結論是？）的問法。

讓我們一樣以剛剛的「這個蛋糕是最特別的！」來討論吧。

試著在目前已知的事實為「一天限量二十個」，問問看「所以結論是？」這個問題。

如此一來，就能導出「這個蛋糕是最特別的！」的答案。

因為「製作的甜點師得到金牌獎」所以「這個蛋糕是最特別的！」

因為「使用了最高級的香瓜」所以「這個蛋糕是最特別的！」

使用了「特選雞蛋」所以「這個蛋糕是最特別的！」

上述的句子很合邏輯吧。

假設這個蛋糕有「為了方便小孩吃，而做成容易切塊的特徵」。

此時若問「所以結論是？」就會發現與單一重大訊息對不上。

因為「方便小孩吃的形狀」無法與「這個蛋糕是最特別的！」直接產生連結。

不過，若發現「方便小孩吃的形狀」才是這個蛋糕的真正賣點，把單一重大訊息改成「專為體貼小朋友而製作的蛋糕」（十三字）也不是不行。

換言之，像這樣反問「所以結論是？」能幫助我們掌握資訊的級別與種類。

請務必利用「So What？」與「Why So」這兩個問題，從兩個方向確認單一重大訊息與用來佐證單一重大訊息的三個主要重點。

如此一來，一定能做出邏輯縝密又極具說服力的簡報。

根據不同的聽者，編排不同的「感動」

演講或簡報的「九層架構」算是萬國通用的基本規則。

不管母語與國籍為何，演講或是簡報都可透過這種「九層架構」打動聽者的理性與感性。

而且不管聽者來自何處，你想訴求的單一重大訊息也不會改變吧。

那麼，會改變的部分是哪裡？

那就是用來佐證單一重大訊息的重點與範例，也就是故事，因為要說的是同一件事，還是要根據聽者的背景與興趣，打造不同的「感動」。

就算要傳遞的訊息一樣，只要聽者不同，感動的點就不同。

將感動點當成主要重點訴求是非常重要的一環。

容我重申一次，在編排演講或簡報的架構時，所有的流程都必須從「聽者角度」出發。

假設單一重大訊息為「購併 A 公司是實現公司中長期計畫的必經之路」(二十字)。那麼該列出哪些證據才能說服聽者呢？

假設聽者是經營者或董事，A 公司對我們公司的策略能多加分這點，恐怕無法打動他們。

將重點放在購併 A 公司可以得到「收益性提升」、「營業利益率提升」與「快速回收投資」這些優點，說服力才夠。

假設聽者是生產相關部門的人又如何？自家公司缺乏的生產技術、知識、規模經濟形成的成本大幅降低效益，都可在購併 A 公司之後得到這點，才能真的打動他們吧。

再或者聽者是行銷相關部門的人，能打動他們的應該是 A 公司的商品組合能補強自家公司商品組合缺陷這點吧。

即使單一重大訊息不變，簡報的重點仍得依照不同的聽者調整。

所以才要事先徹底調整聽者有哪些興趣、價值與需求，再從中找出最扣人心弦的部分，否則就無法透過演講感動他們。

在本章的最後，讓我們重新複習如何編排演講與簡報的架構吧。

①先決定大致的想法或主題，以利後續設定單一重大訊息。
②利用擴散思考找出與該主題相關的資訊。
③透過聚斂思考將資訊分類成三個群組，以利後續設定三個主要重點。
④根據上述的三個主要重點整理出長度不超過二十字的單一重大訊息。
⑤最後透過「So What? Why So?」確認每個主要重點與單一重大訊息的相關性是否緊密。
⑥依照定位表的九層構造填入對應的資訊。

完成上述的六個步驟之後，只差最後的一步。
接下來要為大家介紹什麼是「說故事的能力」。

第 4 章

步驟三：該如何抓住聽者的心

利用故事讓聽者聽進重點

一開始要先請大家比較下列兩個演講的開場。

以下這個部分是幾年前，某位日本企業高層的簡報開場白。

承蒙主持人的介紹，我是某科技的某某。

今日能有此機會演講，實屬萬般榮幸。

本次的主題為「資料科學創造的未來」，接下來希望各位借給我短短的三十分鐘，讓我以生理學的角度，為大家介紹資料科學究竟能創造哪些價值，希望能做為各位來賓的參考。

接著是競爭對手的前思科（Cisco）執行長約翰・錢伯斯（John Chambers）於 Cisco Live! 的開場白。

> 我記得，二十五年前這個活動第一次舉辦時，整個會場只有二十五人。在這二十五年內，我們一起努力，一起學習如何改變世界，但是大家還沒看到任何成果。（**碰！**）不過，只要我們齊心協力，就能透過網路的力量，讓整個世界以及所有的商業活動產生五到十倍的變化（**遠景**）
>
> 此時，視野是非常重要的。那麼我們該如何創造心目中的世界呢？科技不過是最簡單的部分而已。我今天想告訴大家的是三個重要的「變革」，分別是組織的變革、流程的變革與文化的變革。（**路線圖**）

單從兩邊不滿一分鐘的開場白就能看出明顯的落差，要是直接在現場聽，恐怕差距更是有如鴻溝。

這個差距來自何處？

一言以蔽之，就是故事性。

前例是在日本常見的簡報模式，開場白也通常是一段寒暄。

而且前者的開場白並未站在聽者的角度，引起聽者的興趣，僅以「我覺得很光榮」這種自己的立場，重新強調一次聽者都知道的事情。雖然演講者客氣得說「借給我短短的三十分鐘」，卻只給聽者一種「時間很短，接下來沒什麼值得聽的」印象，這也是這場演講致命的敗筆。

換言之，只有已知事實的開場白，無法讓聽者覺得接下來的內容值得一聽，也無法引起聽者的興趣。

反觀思科這邊，一開始就先以「二十五年前這個活動第一次舉辦時」，勾勒出這場演講的故事性。

接著利用「在這二十五年內，我們一起努力」這句話讓聽者覺得與演講者站在同一陣線，再利用「但是大家還沒看到任何成果」這計回馬槍徹底引出聽者的興趣。

之後又利用「不過……產生五到十倍的變化」這句話拉高聽者的期待。最後在聽者心想

「那麼到底該怎麼做？」的時候，以簡單扼要的內容讓聽者知道，答案就是接下來的內容，聽者的心情與大腦將轉換成「傾聽」模式。

只有刪除寒暄以及多餘的資訊，並以故事開場，才能在簡報的開場將聽者拉進你的世界。

將情報／資訊寫成故事

故事是「重中之重」。

演講高手總是異口同聲地贊同這句話。例如進入全美職業演講協會名人堂的資深職業演講家派翠西亞．弗里普（Patricia Fripp），就曾描述故事擁有不凡的力量：

「只要是人，就不愛商業簡報，但是沒有人能夠抵擋動聽的故事，而且比起說得不好的長篇大論，動聽的小故事更容易讓人記住。」

此外，於一九九九年國際演講大賽榮獲冠軍的克雷格．瓦倫汀，也一定會在教課時詢問：

「請將演講這回事拋在腦後，讓我先聽聽您的故事吧！」

能夠吸引人的是「故事」，而不是資訊。

與其拙劣地說完一堆精彩重點的故事，把一個簡單的故事說得精彩絕倫，更能說進聽者的心坎裡。

或許會有人覺得，所謂的故事就是在ＴＥＤ演講這類場面聽到的那些吧？

但其實故事在商業簡報的場合，更能發揮真正的力量。舉例來說，故事可在下列的場合應用。

希望顧客認同自家商品或服務。

希望新的概念能得到理解。

希望鼓舞員工士氣，改革思維與激發行動。

希望投資者了解自家公司的遠景與目標。

通常這類場合都會將「事實」、「邏輯」這類資料、數字或理論以及「背景」、「課題」、「方案」這類「資訊」一條條列出來介紹，但是光有這些「資訊」是無法說進聽者心坎的。

越是說得頭頭是道，越會把聽者的心趕跑，大家有過這類經驗嗎？

如果能透過故事述說資訊，就能透過簡報讓這些資訊變得更有生命力更立體。越聽越興奮的聽者將與故事產生共鳴，瞬間就吸收所有你想傳遞的資訊。

故事能搔動聽者的內心，喚起聽者的情緒。

只要能了解這個原理，並且身體力行，就能將複雜的內容說得簡單，也能得到引導聽者的能力。要說**簡報的成功全在於故事說得好不好**，可是一點也不為過。

利用緊張刺激的對比撼動聽者的心

那麼到底該怎麼寫出引人入勝的故事呢？

簡單來說，**只要能撼動聽者的心，就能讓聽者對你的故事產生共鳴**。

要說服別人，光是讓對方理解資訊是不夠的，必須連同內心都一併撼動。

光是透過實例提供資訊，那麼事實就只是事實，但如果透過故事介紹，就能了解出現在實例之中的人物說了那些台詞，這些人物之間又有什麼糾葛、變化或是學到了什麼。光是看到這些人間百態的戲劇性變化，就能讓聽者產生「我也是這樣！我們公司也發生過類似的情節」，進而覺得這不是別人的故事。

那麼，該怎麼寫出「扣人心弦」的故事呢？重要的要素之一是「對比」。

最能讓聽者身歷其境的故事，就是能讓聽者緊張得喘不過氣的劇情。假設是平穩的生活突然變得危機四伏，解決一個，下一個危機又出現的劇情，聽者一定會覺得自己像是在坐雲霄飛車，而這種忽上忽下的對比最能讓聽者時而放鬆，時而緊張得心臟快跳出來，不知不覺就陷入故事的世界裡。

請大家回想一下自己喜歡的娛樂型電影。

不管是《星際大戰》、《魔戒》還是《哈利波特》，中途是不是都有一些「緊張刺激」的情節，讓觀眾不自覺跟著主角一起冒險犯難，緊張得手心冒汗，直到最後的圓滿結局才鬆了一口氣。

大部分的娛樂型電影都是透過緊張刺激的情節，一路奔向最後的結局。

我們常聽到「緊張懸疑的劇情」這種說法，其實這裡說的「懸疑」是一種讓觀眾感到不安與緊張，吊觀眾胃口，讓觀眾渴望知道最後結局的手法。

如果「鐵達尼號」這部電影在鐵達尼號撞上冰山之後，船就立刻沉沒，電影也跟著結束的話，恐怕沒辦法讓觀眾看得那麼投入，也無法讓觀眾覺得回味無窮，而這種劇情也像是搭乘電扶梯般，突然上升到目的地，卻又突然降到地面般無聊。

簡報或演講的故事絕不能寫成這種「電扶梯式」的劇情，否則聽者絕對無法聽到最後，當然也無法讓聽者採取任何行動。

但是，如果鐵達尼號撞上冰山之後，從頭到尾的劇情都只是水淹到腳邊的程度，觀眾也會看不下去。這劇情就像是機場移動走道般，毫無起伏可言。

這種「機場移動走道」般的故事也絕不能出現在簡報或演講裡。

那麼該怎麼創造對比強烈的劇情呢？答案是採用「**購物中心電扶梯方式**」。

請大家想像一下購物中心裡的電扶梯都是怎麼設計的。

是不是升到二樓後，得稍微逛一下二樓的商店，然後再搭乘電扶梯上三樓呢？如果是住在東京都的讀者，只要回想一下表參道 Hills，應該就不難想像才對吧，有些百貨公司的電扶梯也都是如此安排。

《鐵達尼號》這部電影，也是採取這種購物中心電扶梯式的方法安排劇情：

當鐵達尼號撞上冰山後，鍋爐室先淹水（**上升**）。

此時上方樓層的旅客仍一無所知，繼續優雅地唱歌跳舞（**平穩**）。

慢慢地，二樓也開始淹水（**上升**）。

但是船長仍不以為意（**平穩**）。

被手銬銬住的主角傑克的房間也開始淹水（**上升**）。

只有像這樣陸續創造「對比」，才能讓緊張感節節上升，也引導觀眾看到最後。

大家覺得這種透過「購物中心電扶梯方式」一層層墊高的是什麼？

當然就是聽者感受到的興奮與懸疑。這種越來越高張的劇情能讓聽者想一直聽下去，最後聽到解決方案後，聽者才會放心，進而產生共鳴，覺得自己就是故事裡的主角。

一開始先動之以情（pathos），打開聽者的「心房與耳朵」，讓聽者想要繼續聽下去，接著再說之以理（logos），讓聽者信服。在故事裡穿插充滿邏輯與情感的情節就能創造對比效果。

其實前面提到的**九層架構，有許多創造對比效果的機關與巧思**。

每一個說明單一重大訊息的主要重點都有自己的故事，而主要的流程如下。

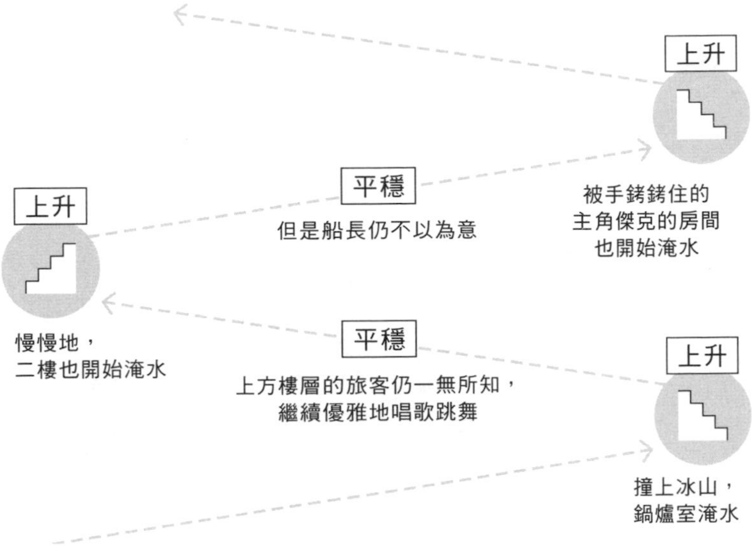
上升
被手銬銬住的
主角傑克的房間
也開始淹水
平穩
但是船長仍不以為意
上升
慢慢地，
二樓也開始淹水
平穩
上方樓層的旅客仍一無所知，
繼續優雅地唱歌跳舞
上升
撞上冰山，
鍋爐室淹水

【圖表九】電影《鐵達尼號》裡的「購物中心電扶梯式」情節

「首先提出重點」(logos)。

「透過故事說明重點的佐證」(pathos)。

「說明這個主要重點為何是單一重大訊息的立論基礎」(logos)。

「透過故事說明第二個重點」(pathos)。

然後重覆上述的過程。

實際的簡報會是什麼架構呢？請大家翻到本章最後的「REAL旅行」範例。

只要依照前述的九層架構製作簡報，自然而然就能創造對比效果。

簡報就是呈現情報／資訊的手法

話說回來，簡報到底扮演什麼角色？

現代有許多類似網路或行動技術這類溝通方式，所以情報／資訊的傳遞也相對簡單許多。

所以才要反問，真的有必要在特定的時間與地點，聽活生生的人演講嗎？

前述的奇異公司總是用以下這句話教導員工：

「情感優先、理性其次。」(Emotional first, rational second.)

換言之，人類就是以**情感優先**、**理性其次**進行判斷的生物。

在職場上，總是習慣先以邏輯或事實破題，再以理性為訴求，但如果無法同時訴諸感性，對方就算聽完你的簡報，還是會有種「不知道哪裡怪怪的」感覺。

簡報就是「讓資訊的呈現化為一種表演」。

雖說是一種表演，但不用真的載歌載舞，也不需要逼自己成為喜劇演員。

重點在於打動對方的心，勾起對方的興趣，與對方氣味相投，這樣才算是真正的「表演」。

歌手是透過演唱表演，**演講者與簡報者則是透過「資訊」表演**。大部分的商業簡報都缺乏故事，所以顯得乏味。

那麼該如何將資訊的呈現化為表演呢？

讓我們先思考如何安排故事的劇情吧。

將故事分成三幕

一聽到故事二字，大家是否想起「從前從前，有個……」的開場白呢？

在此，將讓我們將商業簡報的「故事」稱為**企業故事**吧。

「實例介紹」、「個案研究」這類字眼雖然常常出現在商業簡報裡，但「企業故事」卻還很少聽聞。

不管是故事還是企業故事，本質上都是一樣的，首先讓我們從故事的架構開始介紹吧。

不管是哪種故事，架構都分成三幕。

最開始是在第一幕讓主要人物登台，設定故事的背景。

接著在第二幕營造某種危機來襲的狀況。故事主角雖然遭遇各種困難，卻仍然勇敢地面對，最終得以化險為夷。

最後的第三幕則是敘述化險為夷之後的新狀況。

請大家回想一下桃太郎這個童話故事。

第一幕先由老爺爺與老奶奶登場。他們兩位老人家非常勤勞，但可惜膝下無子。某天，突然有顆大桃子漂來，裡面還蹦出一個充滿活力的寶寶。這就是主角桃太郎的登場。

接下來的故事背景是，桃太郎順利長大，成為一個頂天立地的男子漢，也過著和平與幸福的生活。此時所有角色的設定全部在第一幕完成。

到了第二幕，老爺爺、老奶奶以及其他村民因為惡鬼作亂而陷入危機。因此桃太郎帶著狗、猴子、雉雞前往鬼島，準備打倒惡鬼。儘管差點被惡鬼打敗，卻還是在緊急關頭擊敗了惡鬼。

第三幕則是村子總算恢復和平，整個故事也圓滿落幕。

各位是否察覺到，即使是童話故事，架構也由上述的三幕組成。

在第二幕突顯「衝突＝問題、糾葛、危機」之後，故事才總算成為故事。若沒有任何衝突，只有第一幕與第三幕的劇情，這個故事將毫無劇情可言。

雖然上述的衝突是不可或缺的劇情，但有些人可能會在這個環節卡關。

「我想不到這麼有戲劇張力的事件」

「沒有故事裡那種敵人」

「我不會編故事」

「我不想跟客戶提什麼衝突」

在此我想先請大家回想一下，在第一章學到的突破術的**四個 F**。

這是人類特別對失敗經驗產生共鳴的法則。還記得是哪四個Ｆ嗎？讓我們在此複習一遍：

Failure **失敗**

Frustration **不滿**

First **初次體驗**

Flaw **缺點**

這四點正是衝突的主因。

我不是要大家編出什麼荒唐無稽的故事，而是要將實際遇到的困難化為故事裡的衝突。沒有任何生意能一帆風順，要開發出優質的商品，途中一定會遇到各種困難。說明如何解決這些衝突，如何走到現在的流程，讓聽者從中感受到人性，就能緊緊抓住聽者的心，而且這種衝突越強，對比就越鮮明，也越能抓住人心。請務必從這「四個F」找出衝突。

你是如何從谷底翻身，如何闖過重重的挑戰與困難的呢？要的就是說出這種充滿人性光輝的故事。比方說，或許會有以下這種故事：

「敝公司的產品向來是市場龍頭，但在競爭對手出現後，便直直落至第五名。

雖然想了很多對策，卻還是只能回到第四名的位子。

於是我們打算開發新商品，卻在技術面遇到困難。

有些業務員也曾對遙遙無期的開發發出質疑。

但是，新商品開發完成後，總算順利奪回市場第一名的寶座。」

請大家回想一下NHK的《專業人士的工作風格》(プロフェッショナル 仕事の流儀)或TBS的《情熱大陸》這類節目。雖然這類節目屬於紀實性節目，但只要分析節目的架構就會發現這類節目並非細數每項事實，而是將每項事實舖排成劇情，所以聽者才會為之動容。這類節目也使用了所謂的「三幕架構」(三幕劇)。

你的工作也充滿了這類的劇情。

不管是什麼商場，一定都充滿了辛苦、挑戰與劇情，這些都是只有你才能述說的體驗，請試著找出這些體驗，並將這些體驗寫成故事。

不管是簡報還是跑業務，請試著讓自己成為這類紀實節目的主角。以你為主角的節目會出現哪些衝突，又會有怎麼樣的結局呢？我想，裡面一定會有許多故事吧。

劇本分為夢想型與恐嚇型

故分的劇本分成讓聽者看見夢想以及喚醒危機意識這兩種。

「如果您選購信元生髮劑，就算您有頂上危機，也能迅速長出新頭髮。」

「敝公司的分公司在本地設立之際，將立即雇用一萬名的在地人。」

這種讓聽者覺得跟著走就能看到夢想的劇本稱為**夢想型劇本**，也常見於宣傳廣告的文案。

相對的，則是讓詞彙化為利刃，句句教聽者聽得冷汗直流的**恐嚇型劇本**。

「一天睡不滿六小時，睡眠品質極差的人，罹患阿茲海默症的風險非常高。」

「此時若是選錯投資標的，將來淪為貧困老人的機率可能上升至百分之五十。」

這是一種威脅聽者「未來危機四伏喲」的劇本。

許多週刊雜誌都很喜歡「再這樣下去，日本的經濟將瓦解」這種煽動危機感的標題，但簡單來說，就是為了透過這種惟恐天下不亂的標題引起讀者興趣。

若能在故事同時穿插「夢想型」與「恐嚇型」的劇本，就能營造極為鮮明的對比。

容我再次引用前述的前思科執行長錢伯斯的演講，示範該如何巧妙地營造充滿對比性的劇情。

不過，只要我們齊心協力，就能透過網路的力量，讓整個世界以及所有的商業活動產生五到十倍的變化（**夢想型劇本**）

此時，視野是非常重要的。

（中略）

現在有許多公司正面臨即將到來的失敗。十年後還能存活的公司，恐怕只有現在的百分之四十。為什麼有的公司會成功，有的公司卻得失敗呢？完全是因為失敗的公司不求變化（**恐嚇型劇本**）

大膽改革是成功的祕訣，而改變是需要勇氣的，只有改變，才能促進正面的發展（**夢想型劇本**）。

這段演講穿插了夢想型與恐嚇型的劇本，之後再進入主題。

這種讓聽者的心情隨著演講高低起伏的手法，讓我不禁覺得錢伯斯不愧是世界頂尖的演講者。

從介紹實例導入故事

商業簡報常會透過實例說明內容，但該怎麼做才能讓實例介紹的部分進化為故事，甚至是轉換成企業故事呢？

接著透過實例介紹該如何編寫「企業故事」。

這是本書開頭提到的某地區食品器具製造商中小企業 M 公司的故事。

首先為大家舉出最常「介紹實例」的情況。

【M 公司的個案研究】

背景：以大豆商品為主力的中小企業 M 公司在開發新商品之後，市場上出現了類似的商品，M 公司的市場則被開發與銷售這款類似商品的大型 N 公司慢慢地蠶食。

課題：戰勝大型 N 公司的品牌知名度與綿密的銷售管道，讓自家公司開發的商品的營業額不斷上昇，奪回原有的市占率。

解決方案：

為了讓每位顧客了解 M 公司的專利技術，進行中小企業才做得到的在地行銷活動，也透過專利訴訟與 N 公司在法律層面上展開攻防。

結果：N 公司自行撤出市場，M 公司也奪回原有的市占率。

聽完上述的實例之後，聽者縱使會有「喔，原來如此」的感受，卻很少會因此「大受感動」吧。

沒有任何加工的資訊就只是資訊，無法化為一場「資訊的饗宴」。

接著就為大家示範怎麼將 M 公司的實例寫成像是前述的桃太郎故事。

第一幕：由年輕、充滿創意的Ｍ社長率領的Ｍ公司，是一家擅長開發新商品的食品器具製造商，也常於市場保持領先的地位。

某天，受在地產業委託，製造放在桌上十分鐘，就能快速製作手工豆腐的產品組合，其中包含陶製鍋具、製作豆腐的國產大豆豆漿以及鹽滷。

產品推出後，市場的反應非常熱烈，在地產業的業者也紛紛予以讚賞，認為這項產品能促進地區經濟。

第二幕：可惜好景不常，看到Ｍ公司的商品如此熱賣的大型食品企業Ｎ公司，便於頃刻之間開發出類似的商品，也立刻開始銷售。

大型企業的Ｎ公司擁有Ｍ公司無可比擬的品牌知名度。

Ｍ公司在進行專利訴訟的同時，也不斷地讓顧客了解自家商品的特性，成功地拉住顧客的心。

第三幕：最終，Ｎ公司便偷偷地撤下這些同質性的商品，Ｍ公司也因此得以讓國內外的市占率節節上升。

如何？大家聽完這個故事之後，有什麼心得嗎？有沒有一種想立刻採取行動的心情呢？

這個故事比「實例介紹」更具娛樂性質，也更容易引起聽者的興趣，最後也不會只是「喔，原來是這樣啊」的感想吧。

如果是一般的故事，能得到「原來是這樣啊，真是太好了」的反應就已經很完美了。可是得到這種反應在商場能算得上是成功嗎？**必須進一步讓聽者採取行動，才能稱得上成功**，對吧？

要讓故事升級為企業故事，必須讓故事具備三個要素。

第一個要素是「明確的目標」。

進行商業簡報時，最該先做的就是設定「在這場簡報結束後，希望聽者採取什麼行動」的目標。

只有先設定這個明確的目標，才知道該準備哪種故事，又該如何述說故事。

第二個要素是「明確的收穫」。

聽者可從簡報的故事學到什麼？如果簡報無法為聽者創造任何好處，聽者聽完當然只會有「喔，這樣啊」的感想，忘掉剛剛聽了什麼內容。

若無法讓聽者覺得有所得，就無法達成剛剛設定的目標。

第三個要素是「明確的下一步」。

也就是達成目標後，聽者也覺得有收穫，該根據這個目標進行的「下一步」。

聽完你的簡報之後，聽者該採取哪些行動？你希望聽者訂閱你的電子報嗎？還是希望聽者介紹關鍵人物給你？或者是從眾多商品之後，改買你推薦的商品？

只有提出明確的下一步，才能讓聽者採取行動。

要介紹企業故事，準備就必須周全。

想必大家已經知道，條列式的實例介紹很難打動聽者的心，所以就算稍微多花一點時間，只要能抓住聽者的心，讓聽者採取行動，那麼這些時間也不算浪費了。

接著就以 M 公司為例，示範讓**「故事」升級為「企業故事」**。

需要的三個要素如下：

明確的目標：分享對抗類似商品所需的祕訣，加強對公司顧問部門的信賴，接受來自顧問部門的請託。

明確的收穫：了解預先取得專利以及創造市場區隔非常重要。

明確的下一步：與公司的顧問部門預約進行第一次的會議。

只要掌握上述三項要素，應該就能娓娓道出以下這則企業故事。內容雖然有點長，還請大家參考看看：

假設明天突有一巨大威脅襲來，各位的公司是否具有能立刻迎戰與獲得最終勝利的體質呢？（**碰！**）

類似的商品總會在某一天，在沒有任何預告下登場，而且這類後發的類似商品，通常會將市場上的競合商品研究得非常透徹，所以通常比各位公司先進入市場的商品來得更加優秀，假設對手還是超大型企業的話，說不定貴公司沒兩下就被對手解決了。

有意思的是，敝公司在兩年前正巧經歷過上述的危機（**恐嚇型劇本**）。

所以今天希望大家有兩個收穫（**路線圖**）。我想幫助大家規畫（**遠景**）的是「贏得最終勝利的即時策略」（**單一重大訊息十一字**）。

在危機爆發之前，M公司每個月會開發一款以大豆為主的新商品。

其中也包含五年前與在地的陶器製造商共同開發、銷售的「十分鐘豆腐」產品組合，這套產品包含桌上型陶製鍋具、用於製作豆腐的豆漿與鹽滷，能讓消費者在十分鐘之內，快速做出手工豆腐，所以得到餐飲業界與一般家庭熱烈歡迎，也有許多電視節目

爭相採訪。（**第一幕**）

敝公司曾在某次食品展覽會參展，當時大型食品 N 公司的開發部長 N 先生曾造訪我們的攤位，印象中是位穿著雙排扣深色西裝、橘色領帶，穿著時髦、社交手腕高明的紳士。

「貴公司的十分鐘豆腐真的很受歡迎耶！真是太厲害了！」

「不敢當不敢當，我們這種中小企業哪能與貴公司相提並論？」

「貴公司的豆腐真的很美味，請問用了哪些原料呢？」

「百分之百國產大豆以及天然鹽滷。」

差不多是這場對話的半年之後吧，也就是距今兩年前的時候，我們一如往常地去客戶的超市巡店時，突然發現敝公司的「十分鐘豆腐」旁邊，居然擺著 N 公司的「新鮮現

製豆腐：百分之百國產大豆、百分之百天然鹽滷」的商品。（**第二幕的開始**）

當下我便覺得「被擺了一道啊」，於是立刻要求敝公司的員工開始調查，才發現其他的超市也出現了該商品（**上升型的購物中心電扶梯**）

N公司是大型的食品企業，比起宛如蝦米的敝公司，消費者肯定會因為N公司的品牌而購買他們的商品，而且如鯨魚般巨大的N公司的成本效率遠遠勝過敝公司，也更能以便宜的價格提供商品。行銷能力當然也具有相當的優勢。

……難不成敝公司毫無勝算可言？

強忍這股悔恨之情的我，緊急召集敝公司的顧問團以及律師，一同商討接下來的對策。

幾經商議之後，總算找出敝公司與其他公司最明顯的差異，那就是我們擁有大豆田，而且從培育大豆到大豆的篩選，全都以人工耗時費日地進行，我們也決定進一步展開活動，讓每位顧客了解敝公司「看得見顧客表情的行銷」這個理念與方針。（**平穩型的購物中心電扶梯**）

此外，敝公司的製造過程已取得專利，所以我心想，這項專利應該會在必要的時候成為利器。

在一個月後舉辦的業界聯誼會會場裡，我又看到那套雙排扣的深色西裝，便直直往 N 先生走去。

「貴公司也推出豆漿了啊，敝公司的商品有沒有稍微幫上忙呢？」

我原意是想挖苦對方的，沒想到 N 先生居然說：

「怎麼可能，我沒看過，也沒摸過貴公司的商品，如果碰巧與貴公司的想法一致，那還真是光榮。」

當下真的快氣炸了。

「那天，你不就在我的面前試吃了嗎！」

正當我差點吼出這句話的同時，我更確定是該亮出專利這項武器的時候了。再不反擊，恐怕就要被擊潰了。（**上升型的購物中心電扶梯**）

中小企業對大型企業興訟是很辛苦的事，但我還是透過律師快速展開司法程序，在地行銷也按部就班地進行。（**平穩型的購物中心電扶梯**）

幾個月後，律師打來電話，N公司的「新鮮現製豆腐組合」撤出市場了。（**第三幕**）

我們公司上下從前述的事件學到兩件重要的事。

第一件是透過專利保護公司。若打算進軍國際，想必國際專利也是必要的，但要申請專利，必須具備特殊的知識與經驗，敝公司也因為有與顧問部門長期合作的專利律師，才能順利取得專利。

第二件學到的事，在於徹底強化市場區隔。不能以為申請到專利，之後就風平浪靜。專利或許可以保護公司，但真正決定公司是否能繼續航行下去的，是來自顧客的信賴，換言之，與顧客的交情有多深，信賴就有多深。

從這件事之後，我深刻地感受到以自家公司特有的強項保護公司，以及從制度與人材的層面經營事業有多麼重要。

如果明天各位的公司突然遭遇重大威脅，各位會怎麼做？

相信敝公司的經驗與知識一定能幫助大家擬定「贏得最終勝利的即時策略」（**單一重大**

訊息、十一字）。昨日的我就是明日的您，大家該立刻採取行動。敝公司的顧問部門隨時為大家提供諮詢服務，大家務必趁著今天這個機會，預約第一次的諮詢服務。

大家覺得如何呢？從實例介紹升級成企業故事可讓聽者聽得津津有味，彷彿身歷其境，也比較容易讓聽者決定採取行動吧。故事就是具有如此的魅力。

印象在七秒內形成、趣味在三十秒內感受

或許大家已感受到故事的力量有多麼強大，即使是同一則故事，不同的開頭和結尾會帶來大不同的印象。

大家都知道第一印象這個詞吧。

一開始映入眼簾的表情或動作大幅左右給人留下的印象，若是演講，**最開始的七秒決定成敗**。

過於彬彬有禮，會給人負面印象。

「給我這樣一個榮耀，實在擔當不起」像這樣以冗長的問候替演講開場，講者或許自以為很有禮貌，但是聽者卻不這麼想。

一如英文的**無禮的禮貌**（Unpleasant pleasantry），演講時必須避免這個盲點。

演講開始之後，聽者**會在三十秒之內判斷講者是否有趣**。

是的，只有短短三十秒。所有的內容，包括簡報、銷售、發表會，都在開頭三十秒一決勝負。如何在一開始的三十秒引人入勝，是講者的課題。

這就是所謂的**七秒—三十秒法則**，也可以說是第一印象、第二印象。雖然開頭的七秒會決定聽者的印象，但即使第一印象欠佳，第二印象還不錯，同樣能吸引聽者注意。

切記，留下強烈印象的機會只有兩次。

七秒內擄獲人心的開場

要想在短短七秒內的開場內緊緊抓住聽者的內心，就必須讓聽者不由自主地想要「聽聽眼前的這個人要說什麼」或是「想要繼續聽下去」。

接著為大家介紹四種基本的手法。

① 故事

最有力的開場莫過於**突然開始講故事**。

這也是我在講座很常使用的手法，不過一開始當然還是會先自我介紹一下，讓聽者相信我這個講師，但是若老套地說什麼「大家早安，我是信元夏代，接下來請讓我介紹一下我的相關背景」。

恐怕話還沒講完，聽者大概免不了覺得自己「只是被上司叫來參加研修」吧。

為了避免這種情況發生，我通常都是用以下這種方式開場：

「我記得是二〇一四年三月的事。在某間居酒屋，我跟貴公司的阿部社長鄰席而坐。「那時剛好大學的年會熱鬧結束，我與阿部社長也聊得正開心，阿部社長突然問我『話說回來，我認識你那麼久，都不知道你是在做什麼的，我只知道你有在跳舞』。」

我大概就是會像這樣透過故事裡的對話，簡單介紹一下我的背景，也因為故事裡暗示著我能與社長如此不拘小節的聊天，更加深了聽者對我這名講師的信任。

在剛剛的故事裡，我會順便提到社長拜託我擔任講師的經過，以及社長的想法，或是公司的企業目標。

大部分的聽者其實都有「明明工作這麼忙，要是有參加研修的時間，還不如把時間拿來解決工作」，但這場看似無用的研修，若能以「我跟貴公司的社長在居酒屋一起喝酒」的故事開場，想必能引起聽者的注意力。

故事就是能如此引人入勝。

②強而有力的提問

這是**以強而有力的提問，讓聽者耳目一新**的開場方式。試想，如果你是聽者，遇到這突如其來的提問，心中應該會自問自答，也比較容易想要繼續聽下去。舉例來說，如果你身在新車試乘會的現場，被問到下列的問題會有什麼反應呢？

「你現在搭乘的車對你來說，是什麼樣的存在呢？是能讓你雀躍不已，宛如家人般的存在？或者只是台代表用的交通工具呢？（**碰！**）

想必是台令人興奮的車吧，而這就是敝公司旗艦車種的ＡＢＣ車（**遠景**）。

今天要為大家介紹ＡＢＣ車令人嚮往的三個重點，也要請大家實際感受看看！（**路線圖**）」

③令人驚訝的事實

這是利用**鮮為人知的事實或數字，喚起聽者興趣**的開場方式。例如提出「全世界麵包消費量第一名的國家是土耳其」這類讓人驚訝卻又合乎主題的事實，很能引起聽者的興趣。若是前述的新車試乘會，或許還可以說成下列這種方式：

「汽車經銷商的資料指出，會來試駕的顧客有八成在啟動引擎之前，就已經決定對這台車子的滿意度。是什麼造成這種現象的呢？答案是關門的聲音是否厚實。ＡＢＣ車就是一台能取悅所有感官的車子。」

④引用

這是引用**格言、名言詩**開場的方法。在此，讓我們一樣以剛剛的車子為例：

「ＡＢＣ汽車的創辦人曾說，從一個人開車的方法，可以一眼看出那個人的個性。」

要請大家注意的是，**不管使用哪種手法開場，都必須與單一重大訊息有關**。如果只是為了嘩眾取寵而提出與主題無關的內容，是沒有任何效果可言的。

難忘的結尾

最後做為收場的結尾，必須集中火力鼓動聽者採取行動。

要創造一個令聽者印象深刻的結尾，祕訣就在「前後呼應」，如果是以故事開場，在此就能延續故事裡的話題，如果是以問題為開場，那麼不妨提出同樣的問題，讓開場與結尾得以串連。

這就是在開場與結尾重覆相同的內容，令聽者印象深刻的手法。

接著為大家介紹**四種基本的結尾手法**。

① 故事

這種手法可讓聽者回想起開場聽到的故事。

「阿部社長在愛爾蘭威士忌酒吧熱情講述的遠景，與各位的心情可說是不謀而合，能實現這個夢想的，除了在座的各位別無其他。沒錯，就是擔任業務、負責開發與行銷的各位。」

②引用

這是提出開場引用的格言或名言，巧妙串起結尾與開場的手法。

「汽車，不只是交通工具，更是充分展現自我的工具。這是ＡＢＣ汽車創辦人的名言：『從一個人開車的方法，可以一眼看出那個人的個性』，讓你愛不釋手的專屬愛車就在這裡。」

③促使行動

這是讓聽者採取下一步行動的結尾手法。例如讓聽者實際摸摸商品或是請他們簽名，加入會員。

「感謝各位今日前來試乘，請務必好好感受人車一體的奔馳喜悅。」

④提問

一如在開場提出強而有力的問題，結尾也能利用提問的方式，直擊聽者的心坎。例如可依照下列的方式提問：

「你明天也要開一台了無新意的車子嗎？還是想要開一台能充分展現自我，讓每天充滿興奮的車子呢？」

不管採用哪種收尾手法，都必須強調單一重大訊息。

我想，到了第四章之後，大家已經知道該如何編排演講／簡報的架構，也知道該怎麼編寫故事了。

接著讓我們一起透過實例，看看前來諮詢的創業家是如何在實務的簡報應用九層架構與安插故事吧，也請大家參考圖表十至十二的高概念溝通定位檢核表和據此製作的簡報。

如果您已經了解到目前為止的講解，一定能看出藏在簡報原稿之中的構造才對！

此外，由於篇幅所限，無法全數刊載的圖表可從下列網址下載。請利用這個檔案練習填寫定位檢核表，藉此讓您的簡報變得更精彩！

定位檢核表下載網址：

https://ecocite.pixnet.net/blog/post/33345351

【圖表十】定位檢核表（一）

STEP.1　WHY ？傳遞訊息的動機是什麼？	
AUDIENCE 聽者是誰， 他們想聽什麼？	透過社群網站與全世界的人產生關聯是不變的日常。雖然想要來一場低成本的深度旅行，讓自己在全世界擁有更多興趣相同的夥伴，以及與在地人建立交流，但是卻得花很多時間與精力蒐集資料，這實在太麻煩。如果透過社群網站尋找當地的朋友，又很可能遇到只是想來場艷遇或詐欺的人。真的很想展開一場打開眼界，與在地人深度交流的特別旅行。
WHAT' S IN IT FOR THEM 聽者能得到什麼好處？	這是一個整合Facebook、Airbnb、YouTube、Uber、餐廳預約網站、旅行預約網站，透過一站式服務提供旅行所需的一切，並透過背景調查篩選會員的網站，也是一個可上傳獨特旅行影片，藉此創造收入的單純副業。
WHY YOU? 為什麼 非由你介紹？	一直以來，我都以自己的方式環遊世界，但是蒐集相關的資訊是件非常辛苦的事。我自己研究了很多的網站，也找了許多便宜的套裝行程，還在當地交到朋友，請他們帶我去旅遊書沒介紹的地方，接著拍攝了影片，也分享了影片，藉此拓展了我的朋友圈。正因為我試過了所有我知道的方法，才能打造出這個旅程設計網站，讓與我有相同需求的旅行者在這個網站找到需要的內容與功能。
P.A.I.N.T. 這場演講的 目的是？	行動（Action）。 目前正透過群眾募資的方式邀請認同這項專案的同伴。

【圖表十一】定位檢核表（二）

STEP.2　WHAT ？要傳遞什麼訊息？

ONE BIG MESSAGE 要傳遞的單一重大訊息	讓自己擁有自己、 更像自己的REAL旅行（十六字）
MAIN POINTS 佐證這個訊息的重點是？	01. 連結（Connect）：能放心地與興趣相同的人建立真實的交流，擴展全世界的人脈
	02. 設計（Design）：能在同一個網站設計專屬自己的旅行，擴展旅行的可能性
	03. 體驗（Experience）：將真實的體驗拍成影片，藉此與陌生人建立關係，也因此增加收入

So What? →　　Why So? ⇒

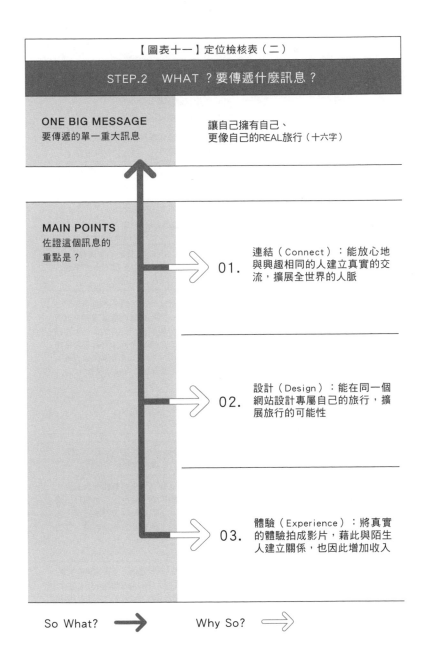

【圖表十二】定位檢核表（三）

STEP.3　HOW ？如何傳遞訊息？

時間	項目	內容
□ min	令人印象深刻的開場白	碰！／驚人的事實：越來越多人選擇獨自旅行
		遠景／能輕鬆實現專屬自己的個人旅行，增加旅行的可能性
		路線圖／實現專屬旅行的三個步驟「CDE」（Connect、Design、Experience）
	進入下一個重點的轉場	設計專屬旅行的一大問題①：那個人真的值得信賴嗎？
□ min	主要重點 ①	主要重點①／Connect：能放心地與興趣相同的人建立真實的交流，擴展全世界的人脈
		具體實例、故事／三年前的夏天，我正在規畫台灣旅行，於是透過Facebook與「能帶我在台灣深度旅行的人」聯繫，但是一開始聯絡八個人沒有任何回音，第九個人還跟說我說，再寄信來就檢舉為垃圾郵件。一直到第十人才總算聯繫上。從這段經驗來看，社群網路的最大缺點在於不知道對方是否值得信賴，所以必須設下防火牆。採用背景調查公司的系統讓通過審查的人成為會員，了解會員的興趣以及背景，就能與這些真實存在的人建立聯繫。
	進入下一個重點的轉場	設計專屬旅行的一大問題②：非常耗費時間與精力！
□ min	主要重點 ②	主要重點②／Design：能在同一個網站設計專屬自己的旅行，擴展旅行的可能性
		具體實例、故事／根據自己的興趣尋找當地的活動以及可信賴的在地導遊也非常辛苦。就某個程度而言，還得自己預測餐廳或酒吧的狀況，也得自己調查旅館的評價。規畫台灣旅行時，我找了30種以上的網站、書籍與雜誌，其中很多都只有中文，我完全看不懂。此時我發現，要在全世界旅行時，能透過母語蒐集的資訊非常有限。
	進入下一個重點的轉場	設計專屬旅行的一大問題③：想分享自己真實的體驗，也想讓別人了解這些體驗！但是在社群網站分享，很容易被洗版，無法將資訊傳遞給需要的人。

時間	項目	內容
□ min	主要重點 ③	主要重點③／Experience：將真實的體驗拍成影片，藉此與陌生人建立關係，也因此增加收入 具體實例、故事／自己的興趣是在旅行地點拍攝影片，再於YouTube上傳。在台灣的在地酒吧深度之旅有非常多人收看，三天就突破了1000次點閱，也得到差不多零用錢的收入。不過觀眾不只有對台灣有興趣的人，還有自己的家人、朋友，朋友的朋友以及台灣人。如果能在每個旅行地點適時提供相關知識，就能讓觀眾得到身歷其境的體驗，點閱率與收入也會因此增加。
□ min	準備收尾、轉場	接近尾聲的暗示／花了很多時間規畫的台灣旅行真的太棒了，但其實每次都花很多時間與精力規畫，很希望這些辛苦能幫到別人！如果大家都能輕鬆規畫專屬自己的旅程，旅行將更加精彩對吧！透過C-Connect、D-Design、E-Experience這三個步驟就能輕鬆實現這個夢想。 Q&A 進入收尾的轉場／其實若是原地不動，是無法透過CDE這三個步驟打造專屬自己的REAL旅行的，只有各位展開行動，才有可能讓自己的旅程更加豐富。這個行動只需要一個小小的步驟就能開始，那就是參加群眾募資，只要能在期限之前募資成功，今年夏天之前，各位就能展開夢想中的旅行。
□ min	令人印象深刻的收尾	積極地豐富自己的旅程，所以旅行也變得更豐富。為了自己展開行動的你，只要參加群眾募資，就能在夏天之前，展開一場精彩的旅行！一場讓自己擁有自己、更像自己的REAL旅行

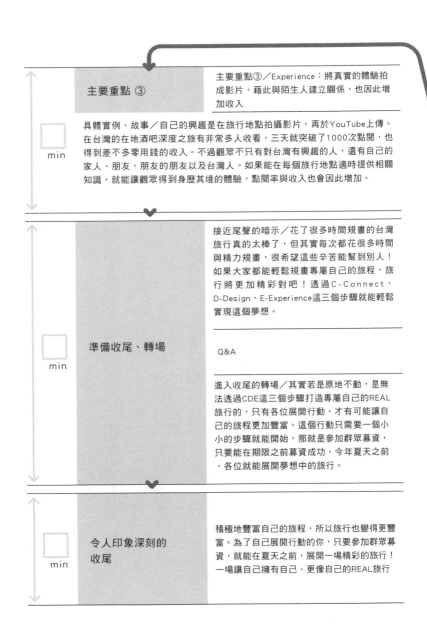

旅遊社群網站（REAL旅行）的群眾募資簡報

根據《紐約時報》的報導，有計畫一個人旅行的旅客已超過旅遊人口的一半以上。

（碰！七秒內擄獲人心的開場）

在過去兩年之內，獨自一人旅行的旅客占整體旅遊人口的比例，從16%上升至37%，整整飆升了兩倍有餘，而在未曾獨自旅行的旅客之中，也有17%想一嘗單獨旅行的滋味。兩者相加之下，總計高達54%，換言之，你或是坐在你身邊的人，至少有一人想獨自踏上旅程。（**三十秒**）

大家覺得，這些人最渴望的是什麼呢？

應該是「至今未曾體驗的全新事物」吧。

例如造訪未於旅遊指南介紹的在地酒吧，探索只有當地人才知道的祕境，只有內行人才能參加的主題式派對。規畫個人旅程的需求的確越來越強烈。

但現況又是如何呢？目前沒有任何服務能夠迅速滿足這超過半數的旅遊人口，連我自己也是一個為了蒐集旅遊資訊而大費周章的人，（**理想與現實的對比**）所以我想利用自己的經驗彌補這段資訊落差，於是 REAL 旅行就在這如此迫切的心情之下誕生。

我們 REAL 旅行能為大家打造專屬的個人旅程，能幫助大家超出現有的框架，強化人生的可塑性（**遠景**）。

那麼如何才能實現「讓自己擁有自己、更像自己的 REAL 旅行」呢？其實只需要 C－D－E，Connect、Design、Experience 這三個簡單的步驟。（**路線圖**）

還記得三年前，我花了一些時間規畫去台灣的個人旅行，希望能與當地的人深度交流，卻遇到了一些很難解決的問題。（**轉場・故事開始**）

當時最大的困難在於與當地人建立關係。當時我選擇的是一個人旅行，而且想要旅遊書沒介紹的真實體驗，所以透過Facebook向台灣人發出交友邀請，邀請的內容都是「能否帶我走一趟深度的台灣之旅」。（**故事第一幕**）

可惜前七人根本不理會我，第八人雖然通過我的交友邀請，卻沒有任何回應，第九人甚至跟我說，再發訊息來，就檢舉為垃圾訊息。對方大概以為我想要找艷遇或是詐欺吧。

直到第十人，總算得到令人開心的回覆，但我也在當下察覺到社群網路的最大缺陷，那就是社群網路雖然能幫助我們建立朋友圈，卻無法知道對方是否值得信賴。

所以我希望能為REAL旅行的使用者設下一道檢驗可信度的關卡，讓使用者除了能享受社群網站帶來的好處，也能知道對方是否值得信賴。（**故事第二幕**）

因此我打算採用背景審核公司的系統，只讓通過審核的人成為會員，也仿照具有公信力的婚姻諮詢室，設定會員必須公開自己的興趣、愛好以及其他個人資料，讓每個人都能在這套系統之中找到能於真實世界同行的夥伴，在全世界建立人際網路。（**故事第三幕**）

以上，就是實現「讓自己擁有自己、更像自己的 REAL 旅行」（**單一重大訊息，十五字**）的第一步的「Connect」。（**主要重點①**）

但問題遠遠不只如此。（**轉場**）

當時的我心想，如果能在旅程中，找到興趣相同的朋友，即使預算有限，也能得到只有在地人才知道的特殊體驗。我原本是名拳擊手，現在則是電影的特技演員，所以希望有些活動身體的冒險，也想去一些在電影外景出現的酒吧。別看我這樣，我還挺喜歡小動物的，若是知道野生猴子出沒的地方，我都會很想去見識看看。（**故事第一幕**）

可是單單是要搜尋這些資料，就得耗費不少時間與精力，記得當時我讀過的網站與雜誌就超過三十種，其中還有很多只有中文，我根本讀不懂的內容。這問題不會只在去台灣的旅行出現，去其他國家也一樣會發生，當時我也深深地覺得，若要在全世界旅行，能以母語找到的資料實在非常有限。

於是我突有一想。若是能在一個地方找到所有個人旅行所需的資源與資訊，讓自己能簡單快速地設計專屬自己的行程，那麼旅行豈不是更有機會變得精彩與豐富呢？（**故

事第二幕）

基於這個想法，REAL旅行才以「讓自己擁有自己、更像自己的REAL旅行」**（單一重大訊息，十五字）**為主題，堅持提供一條龍的服務。**（故事第三幕）**

換言之，能在同一個地方設計充滿自我色彩的旅程，增加旅行的精彩度。**（主要重點②）**

如果能像這樣為自己設計旅行，想必會希望將旅程設計得更多彩多姿。**（轉場）**

一直以來，我都很喜歡在旅行時拍攝影片，再上傳至YouTube分享。台灣深度之旅的影片有許多人收看，光是三天就超過一千次的點閱率，我也因此得到一些零用錢等級的收入。**（故事第一幕）**

老實說，這些點閱率除了來自想去台灣旅行的觀眾，還包含自己的家人、朋友，以及朋友的朋友，甚至還有住在台灣的人。

如果這些影片能讓那些需要旅行資訊的觀眾看到，這些觀眾就能有身歷其的體驗，朋友圈也變得更廣，一旦點閱率上昇，副業的收入也會增加，最終甚至可能進化成一）

門生意。**（故事第二幕）**

REAL 旅行可讓使用者在旅程中，享受更多專屬自己的樂趣之外，也為了讓 REAL 旅行的觸角往不同方向延伸，設立了會員專屬的頁面，讓每位會員都能上傳真實體驗的影片，如此一來，既能與陌生人建立關係，也能透過這項機制增加副業收入。**（故事第三幕）（主要重點③）**

煞費苦心規畫的台灣旅行的確很精彩，但每次旅行，其實我都得像這樣辛苦一次，我真的希望這些辛苦能幫上大家的忙，於是才創立了 REAL 旅行。大家有沒有想過，如果能輕鬆地規畫充滿個人色彩的旅行，旅行將會變得多麼精彩呢？

透過 C-Connect、D-Design、E-Experience 這三個步驟，就能輕鬆達成上述的夢想。

（準備結尾）

若坐在原地，什麼都不做，上述的夢想是無法實現的，只有想讓旅行更精彩的各位採取行動，這個夢想才得以實現。所謂的行動，其實很簡單，就只是參加群眾募資而已。只要能在期限內募資成功，今年的夏天之前，各位就能來一場屬於自己的旅行。

（**準備結尾的最後轉場**）

讓自己擁有自己、更像自己。我們要的就是重視個人色彩，主動出擊的你，讓我們一起參加群眾募資，在夏天之前規畫一場擁有自己、更像自己的REAL旅行吧。（**結尾……讓聽者採取行動**）

第 5 章

左右簡報品質的表達技巧

聽者不是南瓜

我想讀到現在，各位對於演講／簡報的原稿該怎麼寫已經了然於胸了吧，接下來總算要進入實踐篇。

好不容易建立適當的架構，也刪減了多餘的文字，寫出二十字之內的單一重大訊息，要對著活生生的聽者「說出這些內容」可是兩碼子事。

如果重點在於傳遞資訊，其實讀書就夠了，所以要有演講者的理由全在於要在視覺與聽覺上營造共鳴。

為了讓聽者在理性與感性上接受單一重大訊息，「表達技巧」就顯得十分重要。

這個表達方式在英文稱為「Delivery」，本章就要告訴大家該怎麼磨練自己的「表達技巧」。

突破術有許多內容可於製作演講或簡報之外的文章應用。

例如故事的編排技巧可於小說或腳本應用，主要重點的撰寫方式在宣傳與說明這類內容裡，都是非常重要的技巧。

不過，演講與簡報的最大特徵在於聽者只聽一次。

艱澀冗長的資訊無法說進聽者的心裡。

簡單、清晰、明快的ＫＩＳＳ法則，在上台說話顯得非常重要，用字遣詞也必須盡可能口語一點，不能過於文謅謅。

請大家記住一點，演講與簡報是用「聽的」這件事。

「我不大擅長站在很多人面前說話。」

「每當我站在一群人面前說話，就會怯場。」

或許有不少朋友有這類煩惱，而最常聽到的建議就是：

「把聽者都當成南瓜，就不會緊張了。」

這類台詞吧。

可是在演講或簡報的場合，這種建議是絕對要不得的。因為將聽者當成東西，就會變成你一個人在台上自說自話。一旦把聽者看成南瓜，你就會躲進自己的世界，無法將任何訊息傳遞給聽者。

像傳接球般與聽者交流情感，讓聽者在感性與理性上相信你，是演講與簡報的重中之重。若聽者是南瓜，又怎麼可能心動。

演講與簡報最重要的事，就是與聽者在情感上交流。

要想與聽者建立交流，就請注意下列幾項重點。

①別在演講者與聽者之間畫下「界線」

聽者與自己的空間最好保持暢通無阻。

桌子、講台這類物理性的阻隔若是存在，你與聽者之間自然而然就會出現分界線。暢通無阻的狀態才能縮短與聽者之間的距離。

也不要一直站在講台後面不動。如果可以拿著麥克風邊走動邊演講，請務必試著站到講台前面。

有時候會遇到無法離開講台的情況，此時站在講台旁邊會比較容易與聽者交流。

此外，雙手抱胸、交叉、手插在口袋裡的這類「防備姿勢」也應該盡量避免，因為雙手抱胸這類姿勢很容易讓人有種「你在防衛自己」的錯覺。

這種自我防衛姿勢給人一種難以親近的印象，會讓聽者無法感受到你想打開心門，與他們交流的企圖，所以大家千萬記得，**連肢體語言也必須卸下防備**。

當你放下防備，就比較容易與聽者交流。向聽者敞開雙手或是其他表示歡迎的姿勢，都能與聽者建立交流，請大家務必嘗試看看。

②掃視全場，再讓眼神停下來

站在一群人面前演講時，一旦想到「所有人的視線都落在自己身上」，自然而然會感到緊張。

但是當對方是熟識的朋友，你就能輕鬆的演講，也不會因為不知道對方的想法而不安，更不會因為害怕失敗而緊張。

要像是與朋友交心般與群眾交流，祕訣就藏在視線裡。

請與某位聽者的眼神交會。

一旦眼神有了交流，你就會有種與這個人正在聊天的感覺，對方也會覺得你是對著他說話，此時對方就會不自覺地點頭或是聽得很入迷。

不管是何種演講，**讓聽者產生「台上的人正對著我說話」的感覺是非常重要的**。

或許大家會覺得聽者越多，越難實現上述這件事，但其實可靠某個技巧解決。

那就是**「掃視與停留」**這項技巧，這是人數越多越好用的技巧。

一開始先一邊掃視整個會場，一邊繼續說明，等到要說明重點時，就讓視線停在某個人身上，直到講完重點為止。

接著再繼續掃視整個會場，等到要講解另一個重點時，再讓視線停留在另一個人身上。

當視線停留在某個人身上時，若對方的反應不錯，就與他建立眼神上的交流。

掃視全場時，會發現反應不錯與反應不佳的聽者，此時請與反應不錯，聽得很起勁的聽者建立眼神交流。

另一點要注意的是，別只掃視前幾排的人，**要讓視線投射到最後一排的聽者為止**。假設會場很大，可先將會場分成四大區塊（右前、左前、右後、左後）再分區掃視。

假設與反應不錯的人眼神交會，對方散發的感覺有時會感染到周圍的聽者。

若問開會與提案的場合該怎麼做，那當然是與**握有決定權的人進行眼神交流**。

話說回來，握有決定權的人有可能對你的企畫抱持著否定的態度，此時不妨與肯定你的企畫，又是第二重要的人建立眼神上的交流。

一如前述，與反應不錯的人眼神交會，對方那股肯定的氣勢也會影響到周邊的人。

面試時，眼神交會也是非常重要的一環。

假設眼前有五位面試官，記得先掃視一遍，再於準備講重點的時候，讓眼神落在反應不錯的面試官，就比較有機會與對方建立眼神上的交流。

此外，如果面試官發問，請先看著發問的面試官回答，接著再讓眼神與其他幾位面試官交會，然後讓視線回到發問的面試官身上。

要注意的是，絕對不要讓某個人覺得你從來沒正眼看過他。

③試著以聊天的口吻說明

大部分的演講原稿都是「書面用語」，很容易給聽者一種艱澀難懂的印象。在此希望各位該思考的是如何改寫「話說如此」這種字眼。「話說如此」這個字眼是再自然不過的書面用語，但如果想要以聊天的口吻說明，改成「可是」才比較自然。

大家不妨在演講時，一邊想著自己是怎麼與朋友聊天的，**一邊將書面用語轉換成更自然的口語吧**。如果在寫講稿時，無法將書面用語改得口語一點，不妨先從電腦前面離開，然後拿出手邊的智慧型手機或錄音機，按下錄音鍵，試著用自己習慣的語言說明自己想講的事情。

有些智慧型手機有語音輸入的功能，大家有機會不妨用用看，應該就能將自己最自然的口吻錄下來，之後再將這些較口語的文字放進原稿即可。

直接面對聽者的簡報必須具有情感的交流才能成功。若只是一味地照本宣科，念完原稿，最後大概只會得聽者一句「喔」的反應，與聽者面對面的簡報也失去原有的意義。

要與聽者心靈相通，就必須以平常說話的口氣說出想說的事情，而不是打官腔，把內容說得文謅謅。

不管聽者有幾十人甚或幾百人，都要讓聽者覺得「講者正在對我說話」，才能與聽者建立交流。

此時的祕訣在於使用一對一聊天之際的語言。

即使眼前有幾百名聽者，也請大家回想**自己在走廊與別人擦肩而過時的場景，想一想自己都怎麼與對方聊天**，只要能在簡報時利用相同方式講解，就能讓這幾百名聽者產生「講者只對著我說話」的感覺。

至於是不是真的以上述的口吻向聽者說明內容，可使用我提出的**走廊測試**。

請大家比較一下下列這兩種口吻吧。

「請問現場有沒有朋友去過長崎的呢？」

如果對象是在走廊擦肩而過的人，你應該不會這麼問吧？

而是會以下列這種方式問才對。

「你去過長崎嗎？」

這種問法才是一對一聊天時的口吻。

透過上述的「走廊測試」就能確認自己的語氣是在對一群人說話，還是對一個人說話。話說回來，大家還是會不禁覺得，明明眼前的聽者就很多人，怎麼可能辦得到這點，這時候就要使用剛剛提到的「掃視與停留」這項技巧。一邊掃視，一邊**選擇一對一聊天的說話方式**，就能讓在場的所有聽者產生「講者只對著我講」的感覺。

話說回來，前幾天有位日本人學員這麼說：

「大家是否曾覺得夢想有可能無法實現而放棄夢想了呢？」

讓我們試著以「走廊測試」看看這句話吧。

如果對象是某位擦肩而過的朋友，你會如何改變這句話的問法？

「你是否曾覺得自己的夢想無法實現而放棄夢想了呢？」

句子裡的主詞雖然變成了單數，但其實日語的日常會話很少如此強調主詞吧？

到底有多少會話是從「你」這個主詞開始的呢？

這位日本人學員被問到這個問題之後，才恍然大悟地說：「會話很少從『你』這個主詞開始」。

換言之，以下這種說法才是自然的說法：

「是否曾覺得自己的夢想無法實現，而放棄了夢想呢？」

請利用「走廊測試」選出的「日常會話」代替「書面語」，打造「對著某個人聊天的氣氛」。

如此一來，不管聽者有幾人，你都能將你的訴求說進每個人的心裡。

即使詞彙相同，表達方式可以不同

有個非常知名的溝通理論稱為**麥拉賓法則**。

美國心理學者艾伯特麥拉賓博士曾做一個實驗，實驗內容是人們聽到矛盾的訊息時，會有什麼情緒或態度，而實驗結果就是上述的麥拉賓法則。

根據實驗結果顯示，話說內容這類語言訊息占百分之七，音調、語速這類聽覺訊息占百分之三十八，外表這類視覺資訊占百分之五十五。

換言之，人類在進行溝通時，**臉部表情**、**視線**、**肢體語言**、**姿勢這類非語言的溝通扮演了相當重要的角色**。

每個人都應該都知道說的方式不同，意思就會變得不同是怎麼一回事吧。

舉例來說，如果面無表情地說「真不愧是田中，這點子真棒」，聽起來就像是在挖苦田

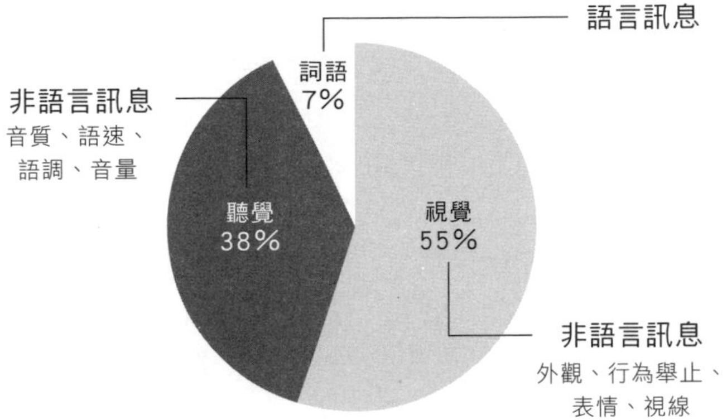

只有內容扎實，非語言訊息才具有說服力
當自己成為聽者時，試著不被講者的態度或音調干擾，
判斷內容是否合理吧

【圖表十三】麥拉賓法則：
哪些要素對於形塑印象有多少影響的法則

中一樣。

「這條領帶真不錯！」如果說這句話的時候，臉上露出一絲蔑笑的話，對方肯定會很不愉快。只有用爽朗的口氣來說，才能讓對方覺得這是句讚美。

每個人都懂得如何運用這種非語言的溝通，但是到了演講的場合裡，卻往往無法自然地發揮這種溝通方式，導致傳遞的內容產生偏差。

尤其日本人不像歐美人士，沒有以豐富的表情與肢體語言表現情緒的文化，所以演講時，常有「無法將話說進聽者心裡」或是「情緒的張力不足」這類問題。

例如，我們很常聽到「今天非常感謝能有這個機會在這個場合致詞」這句話，從前述的七秒—三十秒法則的觀點來看，當然也不是很適當的一句話，但大家有看過發自內心說著這句話的演講者呢？

大部分的演講者在講這句話的時候，都是面無表情的吧，所以當然會給人一種「很官腔」的印象，而且還是在最容易營造第一印象的開場講！如果基於個人因素，無法開心地講這句開場白，建議大家最好別講。

我是在接受前述的潔妮斯個人指導之後，才徹底明白這個道理。

舉例來說，當我按照原稿，說出「當時，我真的很驚訝啊」這句話的時候，潔妮斯都會跟我說「夏代，你先停下來。你明明說你很驚訝，怎麼你的語氣聽起來一點都不驚訝啊？如果你當時真的很驚訝的話，不多放一點感情，聽者可是感受不到的喲」

其實自以為情緒表達得很完整，聽者卻完全感受不到的情況非常多。請大家在每個單字放入感情，同時賦予聲音更多表情。

正因為是活生生的人類進行演講，肢體語言、聲調、臉部表情、眼神交會、熱情這些由潛意識感受的訊息，才會影響聽者的理解程度與感動程度。

正是這些非語言的部分，蘊藏著抓住聽者內心的魔法。

希望大家能將這個**非語言的魔法**發揮到極限。

賈伯斯用過的一個牛皮紙袋

二〇〇八年，史蒂夫·賈伯斯（Steve Jobs）留下了一場堪稱傳說的簡報。他拿著一個牛皮紙袋上台後，從紙袋拿出筆記型電腦。那是MacBook Air的發表會。MacBook Air的宣傳文案是「The World's Thinnest Notebook」（四個字），譯成中文就是「全世界最薄的筆記型電腦」（十一字）。

賈伯斯未以「厚度僅〇·四公分」強調產品，而是從牛皮紙袋拿出筆記型電腦，讓現場觀眾「啊！」的一聲為之驚豔，讓觀眾進一步實際體會產品有多麼輕薄。

這種利用再日常不過的生活經驗來呈現的手法，能立刻讓觀眾更具體地感受到實物，**對這項商品的態度也立刻從「不感興趣」變成「很有興趣」**。

如此一來，觀眾彷彿已經將這台筆記型電腦拿在手裡，親自感受這台筆記型電腦有多麼輕薄了吧。

讓我們再多舉幾個類似的例子。

比起「廣大的建地」，「有東京巨蛋五個大的建地」更具體。

比起「長距離」，「與幾座東京鐵塔疊起來的長度一樣」更有感。

比起「十分鐘就能徹底燃燒脂肪」，「能消耗連續跳繩跳一個小時的熱量」更容易想像。

這種說明是不是更具體呢？越是具體，越是貼近生活經驗，說服力就越強，聽者也越容易聽懂。

這種表演能讓簡報或演講在聽者心中留下宛如戲劇效果的印象。

頭號敵人就是「零變化」

據說**人類能維持專注的時間約為十分鐘**。

換言之，連續聽十分鐘相同語調的內容或是毫無變化的場景，就會感到不耐煩或是想睡覺。

這跟上課或是開會的情況一樣，想必大家也很熟悉才對。

演講與簡報的頭號敵人就是「零變化」，也就是沒有任何變化的意思。

同樣的節奏或口吻連續十分鐘，或是沒有任何動作，聽者很快的就會失去興趣。

因此，若是時間較長的簡報，記得**每十分鐘安排一點變化**。

舉例來說，每十分鐘就講下一個重點。這可以讓內容多點變化之外，若是團隊的簡報，還能以十分鐘為單位，讓團隊成員輪流發表意見。

當然也可以秀一些圖片或商品，或是拿出一些小道具，為演講或簡報增添一些變化。

此外，就算是不足十分鐘的演講與簡報，也不要一直以同一個姿勢站在同一個位置，否則也算是「零變化」。建議大家盡量排除與聽者之中的障礙物，打造一個你能自由走動的空間。

此外，**最該注意的就是毫無表情的聲音**。

讓聲音有些抑揚頓挫雖然是最基本的表達方式，但是讓聲調有些高低起伏或是強弱對比，的確能避免簡報淪於「零變化」的下場。

適時的停頓能創造戲劇般的效果

緊張最容易出現的表徵就是話越說越快，沒有半點停頓。

要與聽者交流，就需要適時安排「停頓」。

安排停頓的理由主要有三點。

最重要的理由就是說完希望聽者聽明白的重要訊息之後，讓聽者有時間消化這個重要訊息。既然是如此重要的訊息，就該給聽者一點時間消化，別自顧自地講下去，否則這個訊息就無法傳入聽者的內心深處，一下子就被聽者拋在腦後。

第二個理由就是預告接下來的內容將有些變化。

在內容之間插入留白，能讓聽者覺得接下來的場景會有一些事情發生。尤其是在說故事時，都會有一些轉場的部分，這時候就該稍微留白，營造需要的效果。

不過，這裡說的停頓可不是休息時間，而是為了吸引聽者的注意力，所以在停頓的時候，也要讓視線停留在聽者身上，維持火力全開的狀態。

第三個理由是為了徹底觀察聽者的反應。當演講進入高潮，偶爾聽者會有一些反應，例如突然大笑，或是拍手拍個不停，也有可能因為太過驚訝而全場陷入騷動，此時千萬別急著說下去，而是要稍微停下腳步，直到聽者冷靜下來，等到聽者的情緒反應結束再繼續說下去。

好不容易等到聽者有反應，卻急著繼續講下去的話，無疑是在興沖沖的聽者頭上澆一大盆冷水，也失去與聽者互動的機會。

在聽者或笑或拍手或驚訝的時候留點空白，能讓聽者產生共鳴。

若問誰是插入留白的箇中高手，自然非美國前任總統歐巴馬莫屬，他在演講插入空白與變化的手法可說是非常高明。

舉例來說，當歐巴馬總統說出擲地有聲的一句話之後，聽者的情緒往往會跟著沸騰，也會群起拍手，此時他總是靜靜地等著，讓聽者有時間拍手與歡呼。

反之，當聽者沒什麼反應時，他更是會利用留白暗示聽者「這裡是重點！」讓聽者自己營造反應。

作為講者的美國前任總統歐巴馬也因為懂得停頓，臉上的神情也散發著掌控全場的自信與從容。

這種適時插入空白的技巧能讓講者躍升數個等級。

話說回來，對講者而言，在演講途中停頓是非常需要勇氣的，就算只是三秒鐘的沉默，講者也會覺得非常漫長，有時也會不安與焦慮。

記得在某次公開的個人講座時，我建議客戶要在自己的簡報留點空白，但這位客戶卻只停頓了一瞬間，然後急著繼續說下去。當我再次建議，這位客戶卻說「我已經停很久了」。

此時我轉頭詢問其他學員的感覺，全體異口同聲地回答：「完全沒有停頓」。

對於不習慣停頓的講者而言，停頓像是難堪的沉默，但對聽者而言，卻是恰到好處的空白。

請勇敢地停頓，並在**心中默數三秒**。

希望聽者了解某個概念，希望從聽者得到某個反應，希望聽者多思考一下時，不妨先安排一些「留白」，再繼續說下去。

不同的詞彙有不同的重量

若以完整的一段意思分段原稿的內容，就可看出每段的比重是不同的。重要的單字在英文稱為「關鍵字」(Operative word)，而強調哪個字是關鍵字，會讓表達方式產生根本上的改變。

讓我們透過例句說明表達方式會隨著強調的詞彙而產生哪些改變。

例句：「我對她說，我不知道那個祕密。」

模式一：強調「我」

↓我不知道，但別人說不定知道的意思。

模式二：強調「那個祕密」

↓強調我不知道那個祕密，但有可能知道其他的祕密。

模式三：強調「她」

↓有我只對她說，不對別人說的意思。

因此在練習的時候，應該一邊念出原稿，一邊將重要的單字圈出來。經過多次的嘗試與調整閱讀方式之後，找出最合理的強調方式。以行銷為例：

「新商品的超濃雙層奶油泡芙將於五月五日在全國銷售」

此時到底是「新商品」、「超濃」、「雙層奶油」還是銷售日期重要呢？隨著重點不同，強調的位置也會不同。

最希望聽者聽進去的是哪個單字？突顯重要的單字能讓表達方式產生變化。
其實試著**讀出聲音，最能找出想突顯的重要單字**。
即使內容相同，仍有必要調整詞彙的比重，嘗試不同的強調方式。
如果覺得「沒有時間練習朗讀」，好不容易寫好的原稿就無法發揮應有的效果。
為了讓聽者聽進去你殫精竭慮寫的簡報原稿，請務必多多練習朗讀自己的原稿。

賦予每個動作意義

日本人常給人一種肢體語言較不明顯的印象，但這不代表肢體語言只要夠誇張就是好。

在演講與簡報準備進入高潮時，**避免「踱步」（Pacing）這個動作**。

所謂踱步，就是指身體不斷左右搖晃，或是漫無目的地一下往左，一下子又往右走的動作。此時，常看到有人會在演講時摸頭髮、領帶或是自己的衣服，感覺手不知道在忙什麼。多餘的動作會吸走聽者的注意力，讓聽者無法重要的訊息完全投入。

若說誰的手部動作最怪癖，我大概會想到美國總統川普，但他的手部動作真的是很獨特。

美國總統川普之所以能成為例外，是因為他的個人色彩實在太過鮮明，一般人還是盡量別有多餘的手勢與動作，以免聽者的注意力被分散。

雖說別有多餘的動作，但是在說「接下來有三個重點」時，比出「三」的手勢，或是在說「第一個」或「第二個」的時候比出「一」或「二」，就能營造不錯的視覺效果，一如日本主播瀧川克里斯汀在申奧報告時，特別邊說明，邊以手勢強調日本的款待精神一樣。

此外，也能利用站位營造不同的效果。如果是與「過去」、「現在」、「未來」有關的內容，不妨利用舞台上的站位暗示觀眾。

將右舞台（從觀眾的角度來看是左邊）設定為**過去**

將中央設定為**現在**

將左舞台（從觀察的角度來看是右邊）設定為**未來**

如上述的方式設定後，就能一邊說著「從前，我們公司是這樣的」，一邊從右舞台往中央移動。走到舞台中央之後，再說明「現在，我們公司是這樣的」，接著再一邊說明「未來，我們公司的目標是……」，一邊往左舞台移動。從聽者席來看，這種從左側走往右側的方向會有種暗示未來的效果。

如果能讓說明與動作同步，暗示效果就更加強烈。

比方說，明明是在說「當時，我毅然決然繼續前進」，結果卻是往後退幾步的話，豈不是言行不搭軋，讓聽者聽得一頭霧水嗎？

面試的時候也一樣。即使是坐著面試，也盡量不要有多餘的動作。

如果緊張得一下子摸頭髮，一下子揉鼻子，在對方的眼中都是很礙眼的動作，太過頻繁還會給對方留下缺乏自信、注意力不集中的負面印象。

該讓面試官知道的只有你要說的內容。

請務必記得，別有多餘的動作之餘，也該讓每個動作具有意義。

讓「呃……」「那個」不再說出口的三個步驟

大家是不是常在不同場合的問候、簡報或是結婚典禮致詞聽到以「呃……」這種語助詞作為開場的例子呢？

例如「呃……今日的議題是……」「呃……今天是黃道吉日」。

恐怕連本人都沒注意到自己說了「呃…」這個語助詞。

「啊……」「呃」「那個……」「誒……」「那個……」。

這些多餘的語助詞聽起來很煩，但很多人都會不經意地脫口而出。

讓我們戒掉這種無意義的「呃……」吧。

光是減少「呃……」「那個」的頻率，演講就會變得非常流暢，容易理解。

這類多餘的語助詞在英文稱為「填補詞」（Filler Word），被歸類用於填補空白的「無義詞」。

這類**多餘的無義詞**應該盡力減少。

大部分的人會在不知道接下來該說什麼的時候，利用「呃……」、「那個……」墊個話，這也是害怕來自沉默的空白，才以無義詞填滿。

若想克服「呃……」「那個」症候群，我建議大家試試以下三個步驟。

①注意自己正在發出無義詞

首先要先有自覺，察覺自己正發出「多餘」的語助詞。

我所屬的國際演講會有人負責在別人演講時，計算填補詞的個數。結束時，會提出「在今天的演講裡，『呃……』總共出現四次，『那個……』總共出現三次」這類報告。

由於是不經意發出這些語助詞，所以親耳聽到這類報告後，真的很驚訝，連我自己在一開始也很常不經意地發出「呃……」、「那個……」這類填補詞，真的是難以置信。

所以要察覺自己這個毛病，可請別人幫忙糾正，或是以錄影、錄音的方式觀察自己的說話方式。

要克服「呃……」「那個……」症候群，「察覺毛病」的第一步是非常重要的。

②在準備發出無義詞之前就察覺

如果已經能發覺自己會不經意地發出這類填補詞，接下來就是在發出這類填補詞之前先一步察覺。「啊，差點脫口而出」、「差點說出來」，如果能意識到這點，算是一大進步，接著就要練習完全不說填補詞的技巧。

③停頓

如果你發現自己快要說出填補詞，請先吞回肚子裡，換言之，就是在那個瞬間停頓一下。我知道大家可能害怕說到一半停下來，但還是建議大家試試。或許有人會擔心「這麼一來，不會一直停頓嗎？」

其實演講者停下來的時候，聽者不會真的覺得空了一大段時間，所以大家不用那麼擔心。

不過，大部分的人在思考時，都會不自覺地往上看，有些人則是會在大腦搜尋詞彙時，不自主地往上或往下看，但是原稿既沒飄在天空，也沒掉在地上喔！

想表達的訊息都在自己的腦海裡。相信事前練習充足的自己，勇敢地為在演講時插入空白，讓自己有機會把準備好的台詞說出來。

如果在演講進入高潮時，覺得自己好像快要說出填補詞的話，請記得停頓一下。只要經過練習，這個停頓將發揮絕大的效果。

雖然不見得要徹底撲滅填補詞，但填補詞越少，聽者就越容易聽懂你想傳遞的內容。

產生戲劇般效果的彩排方式

不管是演講還是簡報，**最有效的練習方式莫過於錄影**。

或許有人是「看著鏡子練習」，但我會說，看著鏡子練習是錯誤的方法。

因為沒有人會在正式演講的時候看著自己。正式演講時，一定是看著聽者，所以若不是要確認自己某種表情，看著自己在鏡子裡的模樣可說是沒什麼效果的練習。

比起對著鏡子，錄影更能正確地確認自己在聽者眼中的模樣。

錄影能讓我們站在聽者的立場，看看我們自己都是怎麼說話的。光是錄影，就能得到絕佳的練習效果。

建議大家**以下列三種方式確認錄好的影片**。

①直接觀看

先原封不動地看一遍，因為那就是你在聽者眼中的模樣。

②關掉聲音再看

關掉聲音，就能專心觀察自己是否會不自覺做出一些沒有意義的動作。以兩倍速播放更有機會找出自己的習慣動作。

③只聽聲音

接著是關掉影像，觀察自己聲線的高低或是填補詞是否太多。只聽聲音可聽出聲調是否太高或太低，重音是否忽高忽低。

「這很不好意思耶，怎麼有辦法看著自己說話的樣子？」

或許有些讀者會這麼覺得，但其實這是再平常不過的事，平常心面對就好。

在我隸屬的國際演講會之中，有些正在練習演講的會員一說到「讓我們錄下自己說話的樣子吧」就緊張得一邊說「不要啦，我還沒到那程度啦！」「錄影這事就放過我吧！」一邊步步後退，可見連想學習演講的人都討厭看到自己在影片裡的樣子。

即使是全美職業演說家的我，每次練習都會錄影，每次看都很痛苦。但我還是會錄影，而且會分成小段慢慢看，一旦看到「這裡語氣不大對」、「這裡的動作很糟」這類問題，就會試著調整動作或說話的方法，讓自己從錯誤中學會。

錄影就是每個人都討厭，厭惡指數如此之高的一件事。

換句話說，如果能習慣這種練習方式，將是你成為演講高手的第一步。

只要看過一次，一定會覺得「怎麼這麼糟，不多練習不行啊」。等到稍微習慣回放自己的影片，就會知道自己「這部分應該再用心一點」，也能找出需要改善的部分。

由於大部分的人沒有錄影的習慣，一直以來也都是以「這樣就夠了」的心態上台簡報，所以一看到自己在影片裡的樣子，肯定會知道「哪裡非改善不同」，也會因為這樣而進步。

演員或主播再怎麼討厭，也會重看自己的影片，一步步修正自己的技巧，但一般人大概都不會有這種機會吧。

所以請務必試著替自己錄影，效果一定會很顯著。

如果日本的政治家也會以這種錄影的方式練習，一定不會一直說「呃、那個」這類贅詞，也不會有語意不清的地方，更不會從頭到尾都用同一個語調說話，如此一來便能成為演講高手。

演講的目的不是自我滿足，而是傳遞訊息，所以才需要練習，而錄影就是最有效果的練習方法。

除了商業簡報與演講之外，準備面試的讀者也該利用這種錄影的方法確認自己說話的模樣。

透過影片確認自己在面試官面前的模樣，是最直接，也是最能找出哪邊該改善的方法。

請大家務必挑戰看看，你的簡報技巧肯定會大幅進步。

＊＊＊

最後一章算是實踐篇，介紹了一些實用的表達技巧。

現在的你，也應該學會突破術的所有技巧，從明天開始就能透過演講或簡報打動聽者的內心才對。

或許有不少人覺得自己不大適合簡報與演講。

但是站在群眾面前講話，可是能一次與一大群眾交流的難得機會。

能與素未謀面的人或是沒深聊過的同事交流，正是演講與簡報賦予我們的特權。

因為常常簡報，因為是名演說家，所以才有機會與聽者互動。很少人可以得到這種特權的。

每當我在演講時，我都覺得自己的胸口冒出許多與聽者相連的細線。我想，這也正是演講讓人欲罷不能的滋味吧。

或許我們有機會透過演講與簡報改變聽者的想法，甚至是改變對方的人生，也有可能幫助公司成長，甚或有機會改變輿論。

一想到有機會能如此貢獻一己之力，大家不會覺得熱血沸騰嗎？

站在聽者的立場思考「我能為他們做什麼」，就能改變自己的思維。

如果本書能讓大家覺得自己也有能力改變聽者或是社會，那麼真的是再榮幸不過的事了。

是的，你的話語裡，藏著改變聽者或是社會的潛力。

請務必試著**在二十字以內傳遞單一重大訊息，以打動人心**。

- [ ] 是否推測聽者的反應（大笑或是其他的騷動），以及練習回應這類情況？
- [ ] 是否利用三種方式確認自己的影片
  （直接看、看掉聲音、只聽聲音）
- [ ] 沒有看起來很礙眼的小動作？
- [ ] 有沒有使用艱澀、拗口、不通順的說明方式？
- [ ] 正式上場穿的衣服、鞋子是否方便活動，能否安裝麥克風？
- [ ] 能否在規定的時間之內講完？
- [ ] 是否練習增減內容，
  以便應付演講時間突然加強或縮短的情況？
- [ ] 投影片是否沒成為主角？
- [ ] 是否能讓聽者在沒有投影片與講義的情況下，
  將注意力放在說話者身上？
- [ ] 簡報的遙控操作是否流暢？
- [ ] 有背對聽者的場景嗎？
- [ ] 能否以聊天的口吻介紹投影片的內容，而不是照本宣科
- [ ] 投射布幕之間有無障礙物？
- [ ] 投影片的內容與說明之間的互動性是否緊密？
- [ ] 希望聽者注意故事時，投影片是否會變暗？

正式上場檢核表

- [ ] 坐在會場的四個角落，確認聽者是否看得見與聽得見內容
- [ ] 投影片是否能完整投影
- [ ] 麥克風的音量是否適中
- [ ] 再次確認站位與動作
- [ ] 別在吃飽的狀態上台！
- [ ] 有沒有與聽者交流？
- [ ] 重新確認演講的目的，希望聽者有何改變？
- [ ] 是否稍做暖身運動，提升自己的能量？
- [ ] 享受與聽者的交流吧

【圖表十四】溝通大突破檢核表：一寫就中、開口完售

草稿檢核表

- ☐ 演講的最大目的是什麼？
- ☐ 問了了解聽者的四個問題了嗎？
- ☐ 有遵守KISS（簡單、清晰、明快）的法則嗎？
- ☐ 有從頭到尾傳遞同一個訊息（單一重大訊息）嗎？
- ☐ 有將單一重大訊息寫成二十字之內的吸睛文案了嗎？
- ☐ 勾勒的夢想藍圖夠明確了嗎？
- ☐ 有站在聽者的立場找出主要重點了嗎？
- ☐ 有站在聽者的立場設計進入下一個主要重點的轉場了嗎？
- ☐ 單一重大訊息與每個主要重點是否符合So What？Why So的原則？
- ☐ 每個主要重點是否都有做為故事部分情節的具體實例？
- ☐ 是否利用購物中心手扶梯的方式營造對比效果？
- ☐ 是否只將焦點放在成功事蹟上？
- ☐ 開場是否夠吸睛？
- ☐ 結尾是否足以令人印象深刻？
- ☐ 是否已排除低語境、語意不清的內容？
- ☐ 原稿是否以書面用語寫成？

彩排階段檢核表

- ☐ 是否保持開放的態度？
- ☐ 是否掃視全場每個角落，也讓視線停留在某位聽者身上？
- ☐ 是否透過走廊檢測確認演講會以聊天的方式進行？
- ☐ 聲線是否具有張力，會不會太過單調？
- ☐ 語言與非語言溝通（聲調、面部表情）是否一致？
- ☐ 是否插入足夠的空白？
- ☐ 是否有效強調促成行動的關鍵字？
- ☐ 每個動作是否具有意義？
- ☐ 沒有一直說填補詞（贅詞）？

結語

本書得以出版，全源於某位貴人不經意的一句話。

就在執筆撰寫本篇結尾之際，我闖進國際演講會演講大賽紐約州決賽與奪得亞軍。

雖然我曾在紐約州的地區預賽連拿四次冠軍，但拿到州大賽亞軍卻是目前的最高記錄，也是在七千名會員之中唯二的兩位進入全世界前一百名的殊榮。

為了走到這裡，我投資了大量的時間與精力。

為了得到與美國職業演講者抗衡的演講技巧，我這個非母語者的日本人長年以來，接受了各式各樣的訓練。

其中包含閱讀簡報、演講相關的各種書籍，觀賞各種ＤＶＤ、接受演講教練認證課程、新手課程、各種講座、職業演說家培訓大師課程與個人教練課程，我甚至去了演員學校與正音班，這些自我投資粗略換算成金額，大概有五百萬日圓。

雖然投資了大量的資金與時間，但我不僅學到演講技巧，更從過程學到非常重要的心得。

那就是為了編排講稿的內容而不斷尋找專屬自己的故事，是一個深刻反省的過程。

在這個過程中，我真切地了解到演講不過是一場場的表演，自己與聽者的人生變得更豐富才是真正甜美的果實。

一路走來，我得到許多貴人幫助，感謝傳授知識的每一位教練、分享經驗的每一位客戶以及每次參賽，都盡力聲援的家人與朋友……。

在學習演講的過程中，我有更多機會與別人交流、交心，我的世界也因此變得寬廣，人際關係也更為廣闊。

既是如此寶貴的經驗，我不僅想分享給認識的朋友，更想與素未謀面的人共享。希望我耗費多年時間與資金學習的一切，能與更多的人分享。

正當這個想法浮現腦海時，「有機會要把所學整理成冊」默默地在心裡綻放。

就在此時，我在社群網站上看到某位朋友的文章，其中寫著：

「身為寫作者的我，負責執筆與編輯的書出版了！」

讀到這裡，我不假思索地寫下這個評論。

「恭喜！有一天我也非得寫本書不可！」

不到一分鐘，這位朋友給我以下這則回應。

「夏代你早就該寫了！別說有一天，現在就開始吧！」

這位朋友就是黑部 Eri，與我同樣住在紐約的她，是一位有名的寫作者。若問她的文采有多麼迷人呢？這麼說好了，不管是內容艱澀的商業報導，還是筆調柔軟的時尚報導與生活風格文章，她總是能像在不同的場合換上適當的服飾般，利用不同調性的文字，寫出簡單易懂又直擊人心的文章。

她筆下的工夫與編排演講的技巧有許多共通之處。容我再揭露一點有關她的事。若是與我年紀相仿的讀者，一定還記得「ATsuShi 君」這個曾一時蔚為風潮的流行用語，而催生出這個流行用語的人，就是這位刻意抹去自己影子的黑部 Eri。

讀了這位筆鋒靈活的寫作者的回應，卻還沒拿定主意的我便開玩笑地回覆：

「要是 Eri 願意擔任我的寫手，我就來寫書！」

沒想到，Eri 又在不到一分鐘之內如此回覆。

「好啊，就一起來寫吧！」

「二十字的書」這個鏗鏘有力的標籤，就在 Eri 這隨性的一句話之下誕生了。

假若沒有黑部 Eri 幫我整理從各種課程與實戰開發的突破術，這本內容龐雜的書就不可能問世。由衷感謝我這位好友。

另外要藉此機會感謝的是於本書出版之際，用心編輯內容的朝日新聞出版書籍編輯部的佐藤聖一、三宮博信部長，以及實際參加我的研討會，於出書這件事諸多協力的朝日新聞社的山口真矢子。

另外還要感謝的是，隨時從旁支持我的另一半和女兒，我真是太愛他們了。

在此要補充的是，在本書實例所提及的所有人名都是化名，也都是內容不特定的實例，以免引起不必要的麻煩。

最後還有一件事要提。真的讓我提起筆寫書的是以下這句話：

「別說有一天，現在就開始吧！」

希望這句話也能成為正在閱讀本書的你採取行動的契機。

演講與簡報藏著改變人生的潛力，你的話語將成為與他人交流、交心，與世界產生連結的契機。

這個力量必須勇敢地拿掉所有華麗的文藻與去蕪存菁才能得到。

我想透過本書告訴各位讀者的單一重大訊息就是：

Changing the world, one speech at a time.

透過一場場的演講，改變世界吧。

大家是否願意鼓起勇氣，刪除多餘的訊息與透過你的演講改變世界呢？

別說「有一天我會」，現在就開始吧！

利普舒茲信元夏代

圖表索引

國家圖書館出版品預行編目 (CIP) 資料

刪到只剩二十字 : 用一個強而有力的訊息打動對方 , 寫文案和說話都用得到的高概念溝通術 / 利普舒茲信元夏代 (Natsuyo Nobumoto Lipschutz) 著 ; 許郁文譯 . -- 初版 . -- 臺北市 : 經濟新潮社出版 : 英屬蓋曼群島商家庭傳媒股份有限公司城邦分公司發行 , 2021.03

面 ; 公分 . -- (經營管理 ; 168)

譯自 : 20 字に削ぎ落とせ ワンビッグメッセージで相手を動かす

ISBN 978-986-06116-1-8(平裝)

1. 演說術 2. 溝通技巧 3. 說話藝術

811.9 110001780